끈

Lacci

by Domenico Starnone

끈

도메니코 스타르노네 장편소설

김지우 옮김

한길사

제1권

1

친애하는 신사 양반, 제가 누군지 잊어버리신 거라면 기억을 되살려드리지요. 저는 당신의 아내랍니다.

그래. 한때는 당신도 내가 당신의 아내라는 사실을 좋아했지. 그런데 이제 와서 갑자기 못마땅한가봐. 당신이 나를 없는 사람 취급한다는 걸 알아. 나라는 사람이 한 번도 존재하지 않았던 것처럼 행동하고 다닌다는 것도 알고 있어. 당신이랑 친하게 지내는 그 점잖은 인간들 앞에서 망신당하고 싶지 않아서 말이야. 규칙적인 삶을 살다보니, 그러니까 매일 저녁식사 시간에 맞춰 집에 들어오고 다른 여자에게 끌리는데 나하고만 잠자리에 들다보니 얼간이가 된 것 같았겠지.

내가 이렇게 말하면 당신이 수치스러워한다는 걸 알아.

"여러분, 저는 1962년 10월 11일, 스물두 살에 결혼했답니다. 스텔라 교구 성당 사제 앞에서 결혼 서약을 했죠. 누가 강요해서가 아니라 오직 이 여인을 사랑했기 때문이랍니다. 여러분, 제겐 책임져야 할 가족이 있답니다. 그것이 어떤 의미인지 모르는 사람이야말로 비참한 거죠."

그래, 나는 당신이 무슨 생각을 하는지 너무나 잘 알고 있어. 하지만 당신이 원하든 원하지 않든 나는 당신의 아내고 당신은 내 남편이야. 우리는 12년 전에 결혼했고 (그래, 10월이면 정확히 12년이 되지) 우리에게는 두 아이가 있어. 산드로는 1965년에, 안나는 1969년에 태어났지. 아이들 출생신고서라도 보여줘야 정신을 차리겠어?

미안해. 이제 그만할게. 내가 너무 심했어. 나는 당신을 잘 알아. 당신은 상식적인 사람이야. 그러니 부탁할게. 이 편지를 읽으면 집으로 돌아와줘. 그러기 싫으면 답장이라도 보내. 대체 무슨 일인지 내게 말 좀 해줘. 당신을 이해하도록 노력해볼게. 약속해. 당신을 지금보다 더 자유롭게 해쥐야 한다는 건 이미 알고 있었어. 그럴 만해. 나도 아이들도 되도록 당신에게 부담주지 않을게. 대신 당신과 그 여자 사이에 무슨 일이 있었는지 낱낱이 말해줘야겠어. 엿새가 지나도록 전화 한 통, 편지 한 장 없이 나타나지도 않다니. 산드로가 아빠는 어디 있냐고 물어봐. 안나는 도통 머리를 감으려 하지 않아. 자기 머리를 제대로 말려줄 수 있는 사람은 아빠뿐이래.

그 여자가 처녀인지 유부녀인지는 모르지만 당신이 그 여자에게 관심이 없다고 맹세하는 것만으로는 충분치 않아. 다시는 그 여자와 만나지 않겠다고 맹세하는 것만으로는 만족 못 해. 당신에게 그 여자는 아무런 의미가 없고 오래전부터 마음속 깊이 감춰온 위기감이 표출된 것뿐이라는 설명만으로는 부족해.

그 여자 이름은 뭐고 몇 살인지 말해줘. 학생인지 직장에 다니는지 아니면 놀고먹는 백수인지 말해줘. 분명 그 여자가 먼저 당신에게 키스했을 거야. 당신이라는 사람은 먼저 나서서 행동하지 못하는 사람이니까. 나는 당신을 알아. 억지로 끌어들이지 않는 이상 절대 움직이지 않지. 다른 여자와 관계를 가졌다고 내게 말할 때 당신 눈빛을 봤어. 지금 당신은 제정신이 아니야. 내 생각을 말해줄까? 당신은 내게 무슨 짓을 저질렀는지 아직도 제대로 이해하지 못했어. 모르겠어? 당신은 내 목 안으로 손을 푹 집어넣고 내 가슴속에 들어 있는 것을 쭉 잡아당기고 있어. 심장이 내 몸에서 뜯겨나갈 때까지 말이야.

2

당신이 쓴 편지를 읽고 있자니 나는 사형집행인이고 당신은 희생양이라도 되는 것 같아. 그런 식으로 생각하다니 참을 수 없어. 나는 지금 최선을 다하고 있어. 당신이 상상도 못 할 정도로 애쓰고 있는데 당신이 희생양이라고? 대체 왜? 언성 좀 높이고 그깟 물병 하나 깨뜨렸다고? 내 나름대로 이유가 있었다는 사실을 당신도 인정해야 해. 한 달이 다 되도록 연락 한 번 없다가 갑자기 나타난 거잖아. 정작 당신은 마음이 편해 보이더라. 게다가 다정하기까지 했지. 그래서 나는 생각했어.

'다행이야. 이제 정신을 차렸나봐.'

그런데 그게 아니었어. 당신은 아무렇지도 않게 4주 전만 해도 별 관심 없다고 했던 사람을 두고 이제는 너무나 소중해서 그 사람 없이는 살 수 없다고 했지. 관대하게도 당신은 그 여자에게 이름까지 붙여주었어. 당신은 그 여자를 리디아라고 불렀지. 그 여자의 존재를 인정할 때 빼고 당신 말투는 마치 안내 방송이라도 하는 것 같았어. 내가 다른 말을 할 틈을 주지 않았지.

당신은 내가 "좋아, 그럼 그 리디아라는 여자랑 같이 내 인생에서 꺼져주면 고맙겠어. 나도 최대한 당신을 귀찮게 하지 않을 테니 말이야"라고 말해주기를 바랐겠지.

내가 뭐라고 대꾸하려니까 당신은 내 말을 가로막으면서 가족에 대한 애매한 일반론을 늘어놓기 시작했어. 가족의 역사적 의미, 현대 사회에서 가족의 의미, 어린 시절 당신 가족과 우리 가족… 내가 입 닥치고 얌전히 있는 편이 나았을까? 당신도 그걸 원했어? 가끔 당신은 정말이지 우습지도 않아. 자기 경험담을 적당히 섞어가며 일반론을 늘어놓으면 모든 일이 다 해결될 줄 알지. 나는 그런 당신의 속임수가 지긋지긋해. 당신은 어울리지 않는 비굴한 어조로 또다시 부모님의 끔찍한 결혼 생활이 당신의 유년 시절을 망쳤다는 레퍼토리를 꺼내들었지. 꽤나 극적인 장면을 묘사하기도 했어. 당신 아버지가 철사로 어머니를 꽁꽁 묶어놓았다고 했지. 날카로운 철사가 어머니의 살을 파고드는 것을 볼 때마다 괴로웠다고 했어.

그러고 나서 우리 이야기를 시작했지. 당신 아버지가 주변 사람 모두에게 상처주는 것을 보면서 컸기에 당신도 산드로와 안나 그리고 무엇보다 내게 상처를 줄까봐 두렵다고 했어. 가족을 불행으로 몰아넣은 아버지의 불운한 유령이 아직도 당신을 괴롭힌다면서 말이야.

봤지? 나는 당신이 한 말을 토씨 하나 안 틀리고 똑똑히 기억하고 있어. 당신은 모든 일에 통달한 사람처럼 느긋한 태도로 인간은 결혼을 함으로써 정해진 역할에 얽매이게 된다는 식의 헛소리를 한참 동안 늘어놓았어. 남편이니 아내니 어머니니 자식이니 하는 가족의 역할에 대해서 말이야. 그러고는 우리가 쓸모없는 기계의 부속품 같다고 했어. 나와 당신과 우리 아이들을 두고 말이야. 우리가 무의미하고 똑같은 동작을 영원히 반복하는 톱니바퀴 같다고 했어. 당신은 계속 그런 식으로 말했지. 내 입을 다물게 하려고 가끔 책에서 읽은 문장을 인용하면서 말이야.

처음에 나는 당신이 뭔가 안 좋은 일을 겪어서 내가 누군지 잊어버린 게 아닌가 싶었어. 그래서 그런 식으로 말하는 거라고 생각했어. 내가 당신이 연출한 인형극의 인형이 아니라 감정을 느끼고 생각을 하고 나만의 목소리를 내는 사람이라는 사실을 잊었나보다고 생각했어. 한참이 지나서야 나를 도와주려고 나름대로 최선을 다한 것이었다는 사실을 깨달았지. 당신은 우리가 함께하는 삶을 파괴함으로써 실제로는 나와 아이들을 당신에게서 해방시켜주려 했던 거야. 내가 그런 당신의 의도를 이해하고 당신의 관대함에 고마워해주길 바랐던 거지. 그래, 눈물나게 고마워. 당신은 정말 친절한 사람이야. 그런 당신을 집에서 쫓아내서 화라도 난 거야?

알도, 부탁이니 정신 좀 차려. 우린 정말 진지한 대화를 나눌 필요가 있어. 당신에게 대체 무슨 일이 일어난 건지 알아야겠어. 이토록 오랜 세월을 함께하는 동안 당신은 언제나 나와 아이들에게 다정한 남편이자 아빠였어. 당신은 당신 아버지와는 닮은 점이 하나도 없어. 그건 내가 장담해. 나는 당신이 철사니 톱니바퀴니 하며 늘어놓은 말도 안 되는 이야기에 대해서 전혀 몰랐어.

물론 최근 들어 우리 사이가 변했다는 것은 나도 느꼈지. 그 정도는 알고 있었어. 몇 년 전부터 당신은 다른 여자들에게 눈을 돌리기 시작했지. 2년 전 여름 캠핑장에서 있었던 일을 똑똑히 기억해. 그때 당신은 그늘 밑에 누워 몇 시간이고 책만 읽어댔지. 할 일이 있다면서 나나 아이들에게 신경을 쓰지 않았어. 소나무 아래서 책을 읽거나 해변에 엎드려 글을 썼지. 그 여자가 보고 싶을 때만 고개를 들었어. 그럴 때면 입을 헤벌리고 그녀를 바라봤지. 복잡한 생각에 형태를 부여하기 위해 애쓰는 표정으로 말이야.

그때만 해도 나는 별일 아니겠거니 했어. 그 여자는 정말 예뻤거든. 예쁜 여자한테 눈길이 가는 걸 어쩌겠어. 어쩌다 자기도 모르게 쳐다볼 수 있겠거니 했지.

내가 정말 힘들었던 건 당신이 설거지를 한다고 나설 때였어. 평소에는 손가락 하나 까딱하지 않던 사람이 그 여자가 개수대 가까이 다가오면 재빨리 뛰쳐나갔고 그 여자가 자리로 돌아가면 그제야 되돌아왔지. 당신은 내가 장님 같고 무뎌서 모를 줄 알았지? 나는 진정하자고, 아무 일도 아닐 거라고 생각하며 마음을 다독였어. 그때까지만 해도 당신이 나 아닌 다른 여자를 좋아할 수 있을 거라고는 생각하지 못했으니까. 원래 나를 좋아했으니 평생 그럴 거라고 생각했어. 나는 진실한 감정은 변치 않는다고 믿었어. 결혼을 하면 더욱 그럴 거라 생각했지. 물론 감정이란 것이 언젠가는 변할 수도 있지만 얄팍한 인간들이나 그러는 거라고 생각했어. 내 남편은 얄팍한 인간이 아니니 그러지 않을 거라 믿었지.

대신 변화는 필요하다고 생각했어. 당신도 때로는 모든 것을 깡그리 뒤엎을 필요가 있다고 말하곤 했으니까. 그간 집안일이며 돈 관리며 아이들 돌보는 일에만 너무 신경을 쓴 것 같다는 생각에 남몰래 거울에 내 모습을 비춰보기 시작했어. 내 모습이 어떤지, 내가 누구인지 알고 싶어서 말이야. 두 번의 출산은 내 외모에 별 영향을 주지 못했더라. 나는 부지런한 아내이자 어머니였어. 그런데 우리가 처

음 사랑에 빠졌을 때와 비슷한 모습을 유지하는 것만으로
는 부족했던 모양이야. 아니지, 바로 그게 문제였던 것 같
아. 나는 예전보다 더 나아져야 했어. 현모양처 이상이어야
했던 거야.

그래서 나는 캠프장에서 본 여자처럼 되려고 노력했어.
로마에서 당신 주위를 맴도는 아가씨들처럼 되기 위해 애
썼어. 집안일 외에 당신이 하는 외부 활동도 최대한 함께하
려고 노력했어. 그렇게 노력하다보니 우리 관계는 서서히
새로운 단계로 접어들었지. 당신도 그 변화를 느꼈길 원해.
아닌가? 당신은 못 느꼈어? 아니면 뭔가 느끼기는 했지만
결국 소용없었던 거야? 대체 왜? 내가 충분히 노력하지 않
았나? 다른 여자들처럼 되지 못하고 어중간하게 원래 모습
그대로 남은 건가? 아니면 내가 너무 많이 변한 거야? 내가
딴사람처럼 변해서 불편해진 거야? 내가 부끄러웠어? 나
를 못 알아볼 것 같았어?

우리 이야기 좀 해. 언제까지 나를 이렇게 내버려둘 셈
이야? 리디아라는 여자에 대해 더 알아야겠어. 그 여자 혼
자 살아? 당신 지금 그 여자 집에서 지내는 거야? 그 여자

에게서 당신이 원하던 것을 찾은 거야? 이제는 내게 없는, 아니 애초부터 내게는 없었던 그 무언가를?

당신은 내게 명확하게 설명해주지 않으려고 온갖 수단을 동원해 꽁무니를 뺐지.

당신 지금 대체 어디 있는 거야? 내게 알려준 주소는 로마던데. 전화번호도 마찬가지고. 하지만 편지를 보내도 깜깜무소식이고 전화를 해도 아무도 받지 않아. 대체 어떻게 해야 당신을 찾을 수 있지? 당신 친구한테 전화를 할까? 대학에 쳐들어가? 동료 교수들과 학생들 앞에서 악이라도 써야겠어? 그런 식으로 만천하에 당신이 무책임한 인간이라는 사실을 알려야겠냐고.

전기 요금과 가스비를 내야 해. 임대료도 내야 하고. 아이들은 또 어떻고. 당장 돌아와. 아이들에게는 밤낮으로 자기들을 돌봐줄 부모를 가질 권리가 있어. 아침마다 함께 식사를 하고 학교에 데려다주고 수업이 끝나면 집으로 데리고 와줄 아빠와 엄마 말이야. 아이들에게는 정상적인 가정을 가질 권리도 있어. 함께 점심을 먹고 함께 놀고 함께 숙제를 하고 잠시 텔레비전을 보다가 저녁을 먹고 다시 텔레비전 앞에 앉았다 잘 자라는 인사를 나눌 수 있는 가족 말이야.

"아빠한테 '안녕히 주무세요' 하고 인사해야지, 산드로. 너도, 안나. 부탁이니 둘 다 징징대지 말고 아빠한테 인사드리렴. 시간이 늦었으니 오늘 밤 동화는 없다. 동화를 듣고 싶으면 빨리 양치질을 하렴. 그럼 아빠가 이야기를 들려주실 거야. 대신 15분 이상은 안 된다. 그런 다음에는 자야 해. 그래야 내일 학교에 지각하지 않지. 아빠는 내일 아침 일찍 기차를 타셔야 한단다. 그렇지 않으면 직장에 늦어서 사람들이 아빠에게 화를 낼 거야."

기억나? 그러면 아이들은 후다닥 달려가 양치질을 하고 당신에게 이야기를 들려달라고 했지. 하루도 빠지지 않고 말이야. 태어나서 지금까지 매일 그랬고 다 커서 늙은 아빠 엄마 곁을 떠나기 전까지는 앞으로도 계속 그래야 해. 하지만 당신은 이제 나와 함께 늙고 싶지 않은가봐. 당신 아이들이 어떻게 성장할지 궁금하지도 않나봐. 그래? 정말 그런 거야?

나는 무서워. 우리 집은 인적이 드문 곳에 있어. 나폴리가 어떤 곳인지 당신도 알잖아. 여긴 안전하지 않아. 밤이면 별의별 소리와 사람들 웃음소리가 들려. 잠을 제대로 못 자서 너무 지쳤어. 창문으로 도둑이라도 들어오면 어떡해? 우리 텔레비전이랑 전축을 훔쳐 가면 어떡해? 당신한테 앙심을 품은 사람이 잠든 틈을 타 우리를 죽이려 들면? 당신이 지금 내게 어떤 부담을 주고 있는지 모른다는 게 말이 돼? 나는 일을 안 한다는 것을 잊었어? 나 혼자서는 살림을 꾸려나갈 수 없다는 사실을 잊은 거야? 알도, 조심해. 내 인내심을 시험하지 마. 내가 정말 인내심을 잃게 되면 그 대가는 당신이 톡톡히 치르게 될 테니 말이야.

3

리디아를 만났어. 젊고 예쁘고 예의 바르기까지 하더라. 당신보다 내 말을 훨씬 잘 들어주었어. 그러고는 정말이지 맞는 말을 하더군.

"그이랑 이야기를 하세요. 저는 당신들 부부 문제와는 상관이 없어요."

맞아. 리디아는 타인이야. 애초부터 그녀를 찾아간 게 잘 못이었어. 그 여자가 내게 무슨 말을 해줄 수 있었겠어? 당신이 먼저 자기를 원했고 자기를 건드렸다는 이야기? 자기를 먼저 마음에 둔 것은 당신이고 당신이 아직도 자기를 좋아한다는 이야기? 아니지. 그건 아니야. 내게 지금의 상황을 설명해줄 수 있는 사람은 당신뿐이야. 리디아는 이제 겨우 열아홉이야. 그런 애가 뭘 알겠어. 어떻게 상황 판단을 제대로 할 수 있겠어. 하지만 당신은 유부남에 나이가 서른넷이야. 지식인인데다 직장도 좋고 주변 사람들에게 존경받고 있지. 그러니까 내게 제대로 된 설명을 해줘야 할 사람은 리디아가 아니라 당신이야.

그런데 두 달 만에 나타나서 고작 한다는 말이 이제는 우리랑 같이 못 살겠다고? 정말이야? 대체 이유가 뭔데? 당신이 말했잖아. 맹세코 나와는 아무 문제 없다고. 아이들은 더더구나 문제가 될 수 없지. 당신 자식들이니까. 지금까지 아이들은 당신과 잘 지냈어. 당신도 마찬가지고. 그런데 대체 왜 그러는 거야? 당신은 아무런 대답도 해주지 않더라. 어쩌다보니 그렇게 됐다고 웅얼거리기만 하고. 내가 당신에게 물었지.

"딴살림 차린 거야? 책도 새로 사고 당신 물건도 다 새로 장만한 거야?"

그러자 당신은 말했어.

"아니. 난 가진 게 아무것도 없어. 나 요즘 힘들어."

내가 당신에게 물었지.

"리디아랑 같이 사는 거야? 둘이 같이 먹고 자고 하는 거야?"

그러자 당신은 버벅거리다 얼버무렸어.

"무슨 소리야. 그렇지 않아. 그냥 만나는 사이야. 그 이상 도 그 이하도 아니야."

알도, 내 말 똑똑히 들어. 이제 그만둬. 더는 못 참아주겠 어. 우리가 나누는 말 한마디 한마디가 다 거짓처럼 느껴 져. 아니 정확히 말하자면 나는 어떻게든 진실에 다가가기 위해 몸을 망쳐가면서 애쓰고 있는데 당신은 나를 속이고 있어. 당신에게는 나를 존중하는 마음이 조금도 없어. 당신 은 나를 거부하고 있어.

갈수록 겁이 나. 당신이 나를 경멸하는 마음이 아이들과 친구, 우리 주변 사람들에게 옮겨갈까봐 두려워. 당신은 나를 고립시키고 싶은 거야. 모든 일에서 소외시키고 싶은 거야. 어떻게든 우리 관계를 되돌아보는 노력 따위는 하고 싶지 않은 거야. 나는 미칠 것 같아. 나는 당신과 달라. 나는 알고 싶어. 당신이 왜 나를 떠나기로 한 건지 지금 당장 조목조목 설명해줘야겠어. 당신이 아직도 나를 몽둥이로 내쫓아야 할 짐승이 아닌 인간으로 여긴다면 적어도 당신이 왜 나를 떠나려는지 이유 정도는 설명해줘. 내가 납득할 만한 설명을 해달란 말이야.

4

이제야 모든 것이 확실해졌어. 당신은 우리 인생에서 발을 빼기로 마음먹은 거야. 나와 아이들의 삶을 운명에 맡기기로 한 거야. 당신은 자신만의 삶을 원해. 그 안에 나와 아이들을 위한 자리는 없지. 가고 싶은 곳에 마음대로 가고 만나고 싶은 사람을 마음껏 만나고 당신이 꿈꿔왔던 사람이 되기를 원하는 거야. 우리들의 작은 세계를 뒤로하고 당신의 새 여자와 더 큰 세계에 입문하고 싶은 거야. 당신 눈에는 나와 아이들이 당신의 청춘을 낭비했다는 증거처럼 보이겠지. 당신은 우리를 당신이 더 크게 성장하지 못하게 막은 질병 취급을 하고 있어. 우리만 없어진다면 병에서 회복할 수 있을 거라고 생각하지.

내 생각이 맞다면 당신은 내가 이렇게 자주 '우리'라는 표현을 쓰는 게 싫을 거야. 하지만 사실인걸. 나와 아이들은 '우리'야. 당신은 이제 당신일 뿐이지. 당신이 갑자기 떠나는 바람에 당신과 함께하던 우리의 삶은 망가져 버렸어. 우리가 간직했던 당신의 모습을 망가뜨려 버렸어. 당신은 우리가 생각했던 사람이 아니야.

당신은 철저한 계획 하에 일부러 그렇게 만든 거야. 우리에게 당신이라는 사람은 상상의 산물일 뿐이라는 사실을 깨닫게 만들었어. 그 결과 나와 산드로와 안나가 지금 이 지경이 된 거고. 당신이 어디선가 애인과 실컷 즐기고 있는 동안 우리는 아무런 보호막 없이 가난과 불안에 노출되어 있지. 대신 이제부터 아이들은 내 자식이야. 이제 당신은 내 아이들과 상관없는 사람이야. 당신은 아버지라는 존재를 나와 아이들의 허상으로 전락시켰어.

그런데도 당신은 아이들과의 관계를 유지하고 싶어 하지. 좋아. 나도 반대하지 않을게. 중요한 건 어떤 식으로 관계를 유지할 건지 당신이 설명해줘야 한다는 거야. 나를 당신 인생에서 쫓아내고도 아이들 아빠 노릇은 제대로 하시겠다? 나 없이 산드로와 안나를 돌봐주시겠다? 이따금 아이들 앞에 나타났다 내게 떠맡기고 다시 사라지는 그림자같이 희미한 존재가 되고 싶은 거야? 당신이 아이들에게 직접 물어봐. 아이들이 좋아하는지 보게. 당신에게 해줄 말은 이것뿐이야.

당신은 아이들이 자기들 것이라고 생각하던 소중한 무언가를 갑자기 앗아가 버렸어. 덕분에 아이들은 큰 상처를 받았지. 산드로는 당신을 모든 일의 기준으로 삼았기 때문에 당신이 사라진 후로 갈피를 못 잡고 있어. 안나는 자기가 뭘 했는지는 모르지만 뭔가 심각한 잘못을 저질렀기 때문에 당신이 자기한테 벌을 주는 거라고 생각해. 그래서 당신이 떠났다고 생각해. 자, 지금 아이들 상태가 이러니 어디 한번 마음대로 해봐. 두 눈 부릅뜨고 지켜봐줄 테니 말이야. 대신 지금 내가 하는 말 똑똑히 들어. 우선 나는 당신이 나와 아이들의 관계를 망치게 절대로 놔두지 않을 거야. 그리고 아빠로서 진정성 없는 당신 때문에 아이들이 지금까지 받은 상처보다 더 큰 상처를 받는 일은 절대로 없게 할 거야.

<h2 style="text-align:center">5</h2>

우리 관계가 끝장나면 당신과 아이들의 관계도 왜 끝장날 수밖에 없는지 이제는 이해했길 바라.

아이들의 아빠니까 아이들과 관계를 유지하고 싶다고? 말이야 쉽지. 실제로는 당신 삶에 아이들을 위한 자리는 없다는 사실을 직접 보여주고 있잖아. 내게서 그랬듯 아이들에게서도 벗어나고 싶어 한다는 것을 말이야. 솔직히 언제 당신이 아이들에게 제대로 신경 써준 적 있어?

최근 우리의 근황을 알려줄게. 당신이 관심 있을지는 모르지만 말이야. 우선 우리는 집을 옮겼어. 임대료를 감당할 수 없었거든. 우리는 대충 살림살이를 정리해서 잔나네 집으로 들어갔어. 아이들은 전학을 가는 바람에 친구들과 헤어져야 했어. 안나는 마리사를 못 봐서 너무 힘들어 해. 당신도 알잖아. 안나가 마리사를 얼마나 좋아하는지. 당신은 처음부터 이렇게 될 줄 알고 있었어. 우리가 헤어지면 아이들이 얼마나 힘들고 비참해질지 알고 있었어. 그런데도 당신은 이런 상황을 피하기 위해 손가락 하나 까닥하지 않았어. 오로지 자기 자신만 생각했지.

당신은 산드로와 안나에게 여름방학 내내 함께 있어주겠다고 해놓고 어느 일요일에 마지못해 아이들을 데리러 왔지. 그래도 아이들은 행복해했어. 그런데 결국 어떻게 됐지? 겨우 나흘 데리고 있다 못 버티고 아이들을 다시 내게 던져놓고 가버렸어. 불안해서 아이들을 도저히 못 돌보겠다면서 말이야. 당신한테는 아이들을 돌볼 만한 능력이 없다면서 말이야. 그길로 리디아와 떠나 가을까지 코빼기도 보이지 않았어. 아이들이 언제 어디서 누구와 무슨 돈으로 휴가를 보낼지는 당신이 알 바가 아니었지. 아이들은 안중에도 없이 당신만 편하면 그만이었던 거야.

이제 일요일마다 당신이 아이들을 보러 집에 왔을 때 이야기를 한번 해보자. 당신은 일부러 늦게 와서 고작 몇 시간 동안만 머무르곤 했지. 한 번도 아이들을 밖에 데리고 나가주지 않았고 제대로 놀아준 적도 없어. 당신이 텔레비전을 보는 동안 아이들은 그런 당신 곁에 앉아 슬금슬금 눈치를 보면서 하염없이 기다리고만 있었어.

명절에는 또 어떻고? 크리스마스에도 설날에도 주현절*에도 부활절에도 당신은 우리한테 얼굴 한 번 내비치지 않았어. 아니, 아이들이 명절에 자기들을 데려가 달라고 대놓고 부탁해도 아이들을 재울 곳이 없다고 했지. 당신은 아이들을 생면부지 타인 취급했어. 안나가 자기가 죽는 꿈을 그림으로 그려서 자세히 설명해주었을 때도 당신은 눈 한번 깜빡하지 않고 안타까워하지도 않았어. 아이 말을 그저 가만히 듣고만 있다가 색을 정말 예쁘게 칠했다고만 했지. 아이한테는 그렇게 심드렁하더니 나중에 나랑 이야기할 때는 기운이 넘치더라. 그때 당신은 당신만의 삶이 있고 그 삶은 나와 아이들의 삶과는 다르다며 나와의 결별을 확정

* 예수가 30세에 세례 요한에게 세례를 받고 하나님의 아들로 공증받았음을 기념하는 날.

지었어.

　이제는 나도 당신이 두려워한다는 걸 알아. 당신은 우리를 당신 삶에서 내쫓기로 한 결심이 아이들 때문에 약해질까봐 두려운 거야. 아이들이 끼어드는 바람에 리디아와의 관계가 망가질까봐 두려운 거야. 그러니 말이야, 사랑하는 여보, 당신이 아이들 아버지로 남고 싶다는 말은 다 헛소리야. 그건 사실이 아니야. 당신은 내게서 벗어남으로써 아이들에게서도 자유로워지고 싶은 거야. 당신은 가족제도나 가족의 일원으로서 수행해야 하는 역할에 대한 비판을 늘어놓았지만 다 핑계일 뿐이야. 사람들을 한낱 기능적인 존재로 전락시키는 가족이라는 강압적인 사회제도에 대항하는 것처럼 보이고 싶은가 본데 당신은 그런 사람이 아니야. 정말 그랬다면 나 역시 당신에게 동의한다는 것을 당신도 알았을 거야. 나 또한 자유로워지고 싶고 변화를 원한다는 것을 알았을 거야.

　당신 목적이 정말로 그런 것이었다면 가정이 해체된 후 나와 아이들이 감정적으로나 경제적으로나 사회적으로 나락에 떨어지려는 순간 멈췄겠지. 나와 아이들의 감정과 소망을 어떻게든 이해해주었을 거야. 하지만 당신은 그렇게 하지 않았어. 당신은 산드로와 안나와 나라는 인간에게서 벗어나고 싶었던 거야. 우리가 당신 행복의 장애물이자 쾌락의 욕구를 억누르는 함정이라고 생각한 거야. 비이성적이고 사악한 잉여물 같은 존재라고 생각한 거야. 당신은 처음부터 가족들이 죽든 말든 자아를 되찾아야겠다고 마음먹었던 거야.

6

당신은 계단을 예로 들었지.

"계단 오를 때를 생각해봐. 한 걸음씩 차례로 발을 내딛잖아. 어린 시절 걸음마를 배울 때처럼 말이야. 사람들은 처음 걷는 법을 배웠을 때의 기쁨을 잊어버리지. 우리는 성장하면서 부모님과 형제자매같이 가까운 사람들의 걸음걸이를 닮아가. 두 다리의 움직임을 온전히 자기 것이라 생각하지만 실은 그렇지 않아. 계단을 오를 때 우리는 우리를 지금의 모습으로 만드는 데 일조한 사람들로 구성된 작은 무리와 함께하는 거야. 다리의 움직임이 안전하게 느껴지는 것은 순응한 결과일 뿐이야."

당신은 이런 말로 마무리했어.

"그러니 기존의 걸음걸이에 변화를 시도하면서 처음 걸음을 배울 때의 기쁨을 되찾지 못하면 평생 암울한 일상 속에 갇혀 살아야 하는 거야."

내가 제대로 요약했어? 그럼 이제 내 의견을 말해볼까? 나는 당신이 한 말이 멍청하기 짝이 없는 은유라고 생각해. 이 정도 말밖에 못 하다니 실망이야. 그래도 눈감아줄게. 당신은 언제나처럼 비유법을 구사하면서 한때는 우리도 행복했지만 세월이 흐르면서 과거의 행복이 관습으로 전락했다는 말을 내게 해주고 싶었던 거야. 그 관습 덕분에 우리는 지난 수년간 별다른 문제 없이 잘 살아왔지만 다른 한편으로는 우리 부부뿐만 아니라 아이들까지 질식할 지경에 이르렀다는 것을 내게 알려주고 싶었던 거야.

좋아. 대신 이제 결론을 말해줘. 당신은 가능하다면 기꺼이 15년 전으로 돌아가고 싶지만 시간을 거슬러 올라가는 것은 불가능하고 처음 사랑에 빠졌을 때의 즐거움에 대한 욕망은 간절하니 리디아와 다시 시작하는 수밖에 없다고 말하고 싶은 거겠지. 맞아? 그 말을 하고 싶었던 거야? 정말 그런 거라면 당신이 모르는 이야기를 하나 해줄게. 나도 얼마 전부터 한때의 기쁨이 사그라들고 우리가 변했다는 것을 느꼈어. 우리의 변화가 우리 둘뿐만 아니라 산드로와 안나에게도 부정적인 영향을 미친다는 것도. 이러다가는 우리 부부도 아이들도 괴로워하면서 억지로 함께 살아가게 될지도 모른다는 생각이 들었어. 우리가 마지못해 함께 살면서 아이들을 키운다면 궁극적으로는 우리에게도 아이들에게도 좋지 않을 거라는 생각이 들어서 두려웠어. 그러느니 차라리 당신을 떠나보내는 게 낫지 않을까 하는 생각도 해봤어.

하지만 나는 당신과는 달라. 나는 당신 때문에 지상 낙원으로 통하는 열쇠를 잃어버렸다고 생각한 적 없어. 그러니 당신보다 덜 멍청한 다른 놈과 붙어먹어야겠다고 생각한 적도 없어. 나는 당신과 아이들을 억압한 적이 없어. 나하나 자유롭겠다고 당신과 아이들의 존재를 부정한 적도 없어. 그렇게 해봤자 어떻게 자유로워질 수 있겠어? 지금 당신과 리디아처럼 다른 사람과 연을 맺어 새 가족을 만든다고 정말 자유로워질까?

알도, 부탁이야. 이제 말장난은 그만둬. 나는 지칠 대로 지쳤어. 당신을 설득하는 것도 이번이 마지막이야. 지나간 과거를 아쉬워하는 것은 어리석은 일이야. 항상 다시 시작하려고 하는 것도 마찬가지고. 변화에 대한 당신의 욕망의 유일한 돌파구는 우리 네 식구야. 나와 당신, 산드로와 안나 말이야. 우리에게는 함께 새로운 길을 가야 할 의무가 있어. 나를 봐. 나를 똑바로 바라봐. 부탁이니 나를 제대로 좀 바라봐줘. 내게 과거에 대한 향수는 없어. 지금 나는 당신이 만든 끔찍하기 짝이 없는 계단을 나만의 걸음으로 오르고 있어.

나는 앞으로 나아가고 싶어. 하지만 당신이 내게도, 내 자식들에게도 그렇게 할 수 있는 기회를 주지 않는다면 나는 법원에 호소할 거야. 아이들 양육권을 독점하게 해달라고 요청하겠어.

7

이제야 본심을 드러내는군. 판사의 판결에도 눈 한번 깜빡하지 않다니. 아버지 노릇을 하고 싶다고 목 터지게 부르짖더니 정작 아버지로서 권리를 지키기 위해서는 손가락 하나 까딱하지 않았어. 당신은 아이들에게 당신이 필요하다는 사실은 외면하고 나 혼자 아이들을 돌보라는 법원의 판결을 받아들였어. 양육의 부담을 오롯이 내게 떠맡기고 당신은 아이들과 공식적으로 멀어지게 됐지.

침묵은 곧 긍정을 뜻하기에 이제부터 내가 미성년자인 아이들의 양육권을 가지게 됐어. 지금 이 순간부터 말이야. 잘했어! 당신 같은 인간을 사랑했다는 사실이 얼마나 자랑스러운지 몰라.

8

난 내 손으로 자살을 택했어. 자살하려 했다고 하는 게 맞겠지만 그건 정확한 표현이 아니야. 나는 실제로 죽은 거나 마찬가지니까. 당신을 집으로 돌아오게 하려고 저지른 짓이라고 생각해?

그래서 이번에도 조심하느라 단 5분도 병원에 얼굴을 내비치지 않은 거야? 빠져나가지 못하게 될까봐 두려워서? 아니면 당신이 저지른 일을 똑바로 마주할 용기가 없었던 거야?

맙소사. 당신은 정말이지 나약하고 혼란스러운 데다 무심하고 경박한 인간이야. 12년 전 내가 생각했던 사람과는 전혀 다른 인간이야. 당신은 사람들이 어떻게 변화하고 어떻게 성장하는지에는 전혀 관심이 없어. 사람들을 이용만 하고 당신을 치켜세워주는 사람들만 마음에 들어 하지. 당신의 가치를 알아주거나 당신 정도의 수준이 되는 사람들하고만 관계를 맺어. 입에 발린 말로 당신이 공허한 인간이고 그 공허함 때문에 겁에 질린 상태라는 사실을 잊게 해주는 사람들하고만 말이야. 관계에 문제가 생기거나 사람들이 당신과 거리를 두려 하거나 성장하려 하면 당신은 이들을 철저히 짓밟아버리고 앞으로 나아가지.

당신은 잠시도 가만히 있지 못해. 항상 세상의 중심이

되고 싶어 했지. 당신은 시대에 뒤처지지 않기 위해서는 어쩔 수 없다고 하지.

그러면서 당신의 집착을 참여 의식이라는 그럴싸한 말로 포장하려 들어. 맞아. 실제로 당신은 어디든 빠지지 않고 매사에 관여하려 들어. 지나칠 정도로 말이야. 하지만 말이야, 사실 당신은 수동적인 인간이야. 대중에게 잘 먹힐 사상이나 책을 골라서 그럴듯하게 연출할 뿐이야. 당신이라는 인간은 정말로 권위 있는 사람들이 만든 유행과 관습에 얽매인 사람이야. 하루빨리 그런 사람들 사이에 끼고 싶어 안달이 났지.

당신은 단 한 번도 자신에게 솔직했던 적이 없어. 솔직하다는 말의 의미조차 모르면서 어떻게 그럴 수 있었겠어? 언제든 틈만 나면 기회를 잡는 데만 관심이 있었지.

당신은 로마 대학에서 조교수 제안이 오자 냉큼 기회를 잡았고 학생운동이 시작되자 정치에 관심을 가지기 시작했어. 당신을 애지중지하던 어머니가 돌아가시자 당시 여자 친구였던 나와 결혼한 거고. 자식을 낳은 것도 남편이 됐으니 아버지 노릇을 해야겠다고 생각했기 때문이었어.

다들 그렇게 하니까. 그러다가 품위 있는 젊은 아가씨와 가까워지니 성적 해방과 가족 해체를 핑계로 그 여자의 애인이 된 거고. 당신은 평생 그렇게 살아갈 거야. 진정으로 되고 싶었던 사람이 되는 것이 아니라 기회에 편승하면서.

지난 3년은 정말이지 고통스러웠지만 그 끔찍한 기간 내내 나는 당신을 돕기 위해 최선을 다했어. 밤낮으로 내 내면을 파헤쳤고 당신도 그렇게 하게 만들려고 무진 애를 썼지. 당신은 이런 내 노력을 눈치채지 못했어. 당신은 내 말을 흘려들었어. 솔직히 내 편지조차 제대로 읽지 않았을 거라고 확신해.

나는 가족이라는 존재가 숨 막힐 정도로 부담스러울 수 있다는 사실도 인정했어. 가족이라는 제도가 개인으로서 우리의 존재를 소멸시킨다는 사실을 인정했지. 그렇기 때문에 문제의 본질을 파악하기 위해 참기 힘들 정도로 노력했어. 나는 변하려 했어. 내 모든 것을 바꾸려 했지. 나는 모든 면에서 발전했는데 당신은 그런 내 노력을 몰라줬어. 내 노력을 깨닫는 순간 오히려 역겨워하면서 도망가버렸어. 당신은 말 한마디와 눈빛과 행동으로 나를 망가뜨려 버렸어. 그러니 여보, 자살은 일종의 확인 사살일 뿐이었어.

당신은 이미 오래전에 나를 죽였어. 당신은 아내가 아니라 인생의 가장 충만하고 진실된 순간을 보내고 있는 하나의 인격체를 죽인 거야. 호적상 내가 죽지 않고 아직도 살아 있는 사람으로 기록되어 있는 것이 나로서는 다행스러운 일이 아니야. 전혀 그렇지 않아. 내 자식들한테만 잘된 일이지. 일이 이 지경에 이르렀는데 당신이 아이들에게 관심이 없고 나타나지도 않는 걸 보니 내가 정말 죽었더라도 당신은 당신 길을 갔을 테니까.

9

당신의 질문에 대답해줄게. 지난 2년 동안 나는 계속 직장에 다녔어. 공기업과 사기업을 가리지 않고 닥치는 대로 일했는데 대부분 수입이 변변치 않았지. 안정적인 직장을 구한 지는 얼마 되지 않았어.

우리의 별거는 호적등본과 당신이 서명한 양육권 포기 각서로 공식화되었어. 그 이상의 절차를 밟아야 할 필요가 있다고는 생각하지 않아.

매달 당신이 보내는 돈을 받기는 하지만 지금까지 나나 아이들을 위해서 당신에게 아무것도 요구하지 않았어. 경제적으로 아무리 힘들어도 나는 당신이 보내주는 돈에 손대지 않으려 해. 그 돈은 산드로와 안나를 위해 따로 모아두고 있어.

텔레비전은 망가진 지 오래고 집세도 못 내고 있어.

아이들과의 관계를 회복하고 싶다고 했지? 4년이나 지났으니 이제 이성적으로 문제를 해결할 수 있다고 했지? 그런데 지금 이 시점에서 해결할 문제가 뭐가 남았지? 당신이 우리 인생에서 사라짐으로써 아이들과 내 인생을 송두리째 앗아가버린 그 순간 당신 욕망의 본질이 무엇인지 확실해진 거 아니었어? 아버지로서의 부담감을 감당하지 못하고 아이들을 버렸을 때 말이야. 어쨌든 나는 아이들에게 당신의 요구 사항을 전달해주었고 아이들은 당신을 만나기로 했어.

혹시나 잊어버렸을까봐 알려주는데 산드로는 이제 열세 살이고 안나는 아홉 살이야. 둘 다 불안함과 두려움에 억눌려 있어. 그러니 제발 아이들의 상태를 더 나쁘게 만들지 말아줘.

제 2 권

1장

1

사건을 순서대로 정리해보자. 휴가를 떠나기 전에 아내 반다는 좀처럼 나을 기미가 보이지 않는 손목 골절을 치료하기 위해 정형외과 의사의 충고에 따라 2주 동안 저주파 자극기를 임대했다. 업체 측에서 제시한 기기 임대비용은 205유로*였고 접수일 다음 날 기기를 배송해주기로 했다. 다음 날 정오 무렵 초인종 소리가 들렸다. 반다가 부엌에서 일을 하던 참이라 내가 문을 열어주었다. 언제나 그렇듯 우리 집 고양이가 나보다 먼저 현관문으로 뛰어갔다.

* 약 28만 원.

날씬한 몸매에 숱이 약간 적어보이는 갈색 머리를 짧게
자른 젊은 여자가 내게 회색 상자를 내밀었다. 창백하고 섬
세한 얼굴에 화장기 없는 반짝이는 눈이 도드라져 보였다.
나는 상자를 받아들었다. 지갑을 서재 책상에 둔 터라 여
자에게 미안하지만 잠시 기다려달라고 했다. 그러자 여자
는 들어오라는 말도 안 했는데 나를 따라 집 안으로 들어
왔다.

"아유, 예뻐."

젊은 여자가 고양이를 향해 탄성을 질렀다.

"이름이 뭐예요?"

"라베스."

내가 대답했다.

"무슨 이름이 그래요?"

"짐승이란 뜻이죠."

여자는 웃으면서 몸을 굽혀 라베스를 쓰다듬어주었다.

"210유로입니다."

그녀가 말했다.

"205유로 아니에요?"

여자는 고양이한테 폭 빠져 고개를 가로저었다. 고양이 목덜미를 간질이면서 의미 없는 말을 속삭였다. 여자는 쭈그리고 앉아서 침착하게 말했다. 업무상 이집 저집을 돌아다니기 때문에 낯선 사람이 문을 두드렸을 때 불안해하는 노인들을 안심시키는 데 능숙한 것 같았다.

"상자를 열어보세요. 청구서가 있을 거예요. 거기 210유로라고 적혀 있어요."

그녀가 말했다.

그녀는 계속 고양이를 간질이면서 호기심 어린 눈빛으로 서재를 바라보았다.

"책이 정말 많네요."

"일할 때 필요한 책들이에요."

"멋진 직업이군요. 작은 조각상도 많네요. 저기 위에 있는 파란색 큐브는 색깔이 정말 예뻐요. 나무로 만든 건가요?"

"금속으로 만들었어요. 오래전 프라하에서 구입했죠."

"집이 정말 멋져요."

여자는 몸을 일으키면서 다시 상자 이야기를 꺼냈다.

"한 번 확인해보세요."

나는 여자의 반짝이는 눈이 마음에 들었다.

"괜찮아요."

나는 이렇게 말하고 210유로를 여자에게 내밀었다.

여자는 돈을 받아들고 고양이에게 인사를 하면서 내게
당부했다.

"책 읽느라 너무 무리하지 마세요. 안녕, 라베스."

"고마워요. 잘 가세요."

내가 대답했다.

더도 덜도 없이 그게 다였다. 얼마 지나지 않아 반다가
발목까지 내려오는 긴 앞치마를 두르고 부엌에서 나왔다.
반다는 상자를 열어 플러그를 콘센트에 꽂고 전원이 들어
오는지 확인한 후 작동법을 익히기 위해 솔레노이드*를 점
검하기 시작했다. 그 사이 나는 호기심이 발동해 청구서를
확인해보았다. 그 결과 새파랗게 젊은 여자에게 속았다는
사실을 깨달았다.

* 도선을 촘촘하고 균일하게 원통형으로 길게 감아 만든 기기.

"무슨 문제 있어?"

특별히 주의를 기울이지 않고도 내 감정 변화를 귀신같이 알아채는 반다가 물었다.

"상자를 배달해준 사람이 210유로를 달라고 했어."

"그래서 210유로를 줬어?"

"응."

"내가 205유로라고 했잖아."

"정직한 사람 같았거든."

"여자였어?"

"젊은 여자였어."

"예뻤어?"

"괜찮았던 것 같아."

"5유로만 훔친 게 기적이네."

"5유로면 푼돈이지."

"5유로면 옛날 만 리라야."

반다는 기분이 언짢을 때면 언제나 그러듯 입술을 꾹 다물고 설명서를 읽기 시작했다. 그녀는 돈에 민감했다. 평생 저축에 집착했고 지금도 마찬가지다. 몸이 불편한데도 더러운 길바닥에서 10센트짜리 동전 하나 줍겠다고 망설임 없이 허리를 굽힌다. 반다는 기회만 있으면 1유로는 과거에 2천 리라였고 15년 전까지만 해도 1만 2천 리라면 둘이서 영화 한 편을 봤는데 지금은 영화표 한 장이 8유로나 되니 둘이 영화를 보려면 3만 2천 리라나 되는 금액을 지불해야 한다는 사실을 기어코 짚고 넘어가는 부류의 사람이었다. 상대방을 위해서라기보다 스스로 기억을 되새기기 위해 그러는 것 같았다.

지금 우리 부부가 윤택한 삶을 누리고 우리에게 곧잘 손을 벌리기는 해도 아이들 역시 어느 정도 여유 있게 지낼 수 있는 것은 내가 돈을 잘 벌어서라기보다는 반다의 철저한 절약정신 덕분이다. 그런 반다이기에 불과 몇 분 전 잘 알지도 못하는 여자가 우리 돈 5유로를 차지했다는 사실을 깨닫는 순간 정차한 차 옆에서 동일한 액수의 지폐를 발견했을 때 느꼈을 법한 기쁨과 똑같은 정도로 낙담했을 것이다.

언제나 그렇듯 반다가 언짢아하자 나도 기분이 나빠졌다. 나는 반다에게 회사 측에 항의 메일을 써야겠다고 말했다. 나는 정말로 그날 사기당한 일을 신고할 생각으로 서재로 갔다. 반다를 진정시키고 싶었다. 아내가 못마땅해하면 나는 불안해진다. 이 나이가 되도록 멍청하게 아직도 여자 표정에 민감하게 반응한다고 비웃어도 어쩔 수 없다.

나는 컴퓨터를 켜고 잠시 저주파 자극기를 가져다준 여자의 행동과 목소리와 그녀가 한 말을 돌이켜보았다. 고양이가 정말 예쁘다느니 책이 정말 많다느니 할 때 여자의 매혹적인 말투를 다시 떠올려보았다. 내가 뭐라고 하니까 상자를 열고 청구서를 확인해보라고 재촉하던 그녀의 말투도 생각났다. 그때 그녀의 말투는 다정하기까지 했다. 내가 속여먹기 딱 좋은 사람이라는 것을 단번에 파악한 것이 틀림없었다.

여기까지 생각이 미치자 짜증이 치밀어올랐다. 나는 속으로 몇 년 전이었다면 오늘 같은 상황에 어떻게 반응했을지 생각해보았다. 아마도 나는 "시간 낭비하게 하지 말아요. 여기 원래 주기로 했던 돈이 있소. 잘 가시오"라고 말했을 것이다. 그런데 오늘 나는 뭐라고 했나.

"고양이 이름은 라베스고 책은 일할 때 필요하고 큐브는 프라하에서 샀고 뭐 굳이 상자를 열어볼 필요는 없고 와줘서 고맙소."

혹독한 내용의 글을 타이핑하려는 찰나에 이렇게까지 해야 되나 하는 망설임과 함께 무기력함이 몰려왔다.

'어떻게 사는 여자일까? 일자리가 변변찮아 급여도 형편없을 텐데. 부모님을 부양하면서 방세도 겨우겨우 내고 있지 않을까? 화장품도 사고 스타킹도 사야 하는데 남편이나 애인이라는 작자는 직장이 없는데다 마약쟁이일지도 몰라.'

나는 생각했다.

'내가 정말로 회사에 항의 메일을 보내면 그 여자는 변변찮은 직업마저 잃게 되겠지.'

사실 5유로가 무슨 대수란 말인가. 아내만 안 본다면 내가 먼저 팁으로 내밀 수도 있는 금액 아닌가. 게다가 꼭 내가 아니더라도 요즘같이 살기 팍팍한 세상에 그런 식으로 여기저기서 마음대로 금액을 불리고 다니다 보면 언젠가는 나보다 훨씬 깐깐한 사람에게 호되게 당할 것이다.

결국 나는 항의 메일을 쓰지 않기로 했다. 반다에게는

메일을 보냈다고 말하고 그 일을 잊어버렸다.

2

며칠 후 우리는 바다로 떠났다. 나는 반다가 싼 짐을 차에 싣기 위해 가방을 끌고 건물 아래로 내려갔다. 날씨가 몹시 무더웠다. 평상시 교통 체증으로 꽉 막혀 있던 도로는 썰렁했고 주변 건물에서도 적막이 흘렀다. 창문과 테라스는 대부분 쇠창살이 쳐지거나 셔터가 내려가 있었다.

가방을 나르느라 힘이 들어서 온몸이 땀으로 흠뻑 젖었다. 반다가 돕겠다고 나섰지만 내가 못 하게 했다. 반다의 뼈가 너무 약해서 걱정됐기 때문이다. 그러자 아내는 가방을 차에 어떻게 정리해서 실어야 하는지 지시를 내렸다.

반다는 신경이 날카로웠다. 그녀는 아파트를 떠날 때마다 불안해한다. 갈리폴리 근처 호텔에서 겨우 일주일 동안 바닷가에서 보내는 건데도 반다는 차라리 집에 남아 레몬나무와 모과 나뭇가지가 드리운 발코니에 앉아 책이나 읽고 싶다고 했다. 해변에 가면 적당한 가격에 아침식사까지 포함된 호텔에서 실컷 잠을 자고 해안을 따라 오랫동안 산책도 하며 해수욕을 즐길 수 있을 텐데 말이다.

우리 부부가 이 집에 산 지 30년이 다 됐는데 어디 갈 때마다 아내는 마치 다시는 집에 돌아오지 않을 것처럼 행동한다. 세월이 갈수록 어디 좀 쉬러가자고 아내를 설득하기가 점점 더 힘들어진다. 반다는 집을 떠날 때마다 자식들과 손주들에게 못 할 짓을 한다고 생각한다. 하지만 그보다 더 중요한 이유는 따로 있다. 아내는 라베스를 혼자 두기 싫어한다. 반다는 라베스를 사랑했고 그것은 라베스도 마찬가지다.

물론 나도 '우리 집 짐승'을 좋아한다. 하지만 고양이 때문에 휴가를 망치는 것을 참을 정도는 아니다. 그렇기 때문에 나는 고양이가 호텔 가구에 흠집을 내놓거나 우리 방을 엉망으로 만들어놓거나 밤새 울어서 다른 투숙객들에게 방해가 될 거라는 사실을 반다에게 에둘러 상기시켜야 한다. 겨우겨우 아내를 체념시키고 고양이와의 이별을 받아들이게 하고 나면 아이들에게 우리가 없는 동안 집에 들러서 고양이 밥그릇을 채워놓고 고양이 집을 치우도록 단단히 일러놓아야 한다.

보통 아내는 이 부분을 몹시 불안해한다. 아이들끼리 서로 사이가 좋지 않아서 오빠와 동생이 우연히라도 마주치지 않도록 조심해야 하기 때문이다. 사춘기 이후 아이들은 어느 정도 갈등을 겪으면서 잘 지냈다. 아이들의 관계가 결정적으로 나빠진 것은 12년 전 잔나가 죽은 다음부터다. 반다의 언니 잔나는 사는 동안 우여곡절이 많았고 자식을 낳지 않았다. 그녀는 두 조카 가운데 특히 산드로를 예뻐했다. 결국 잔나는 산드로에게 꽤나 두둑한 예금통장을 물려주고 안나에게는 몇 푼 안 되는 잡동사니만 남겨주고 세상을 떠났고 그 일로 남매간에 다툼이 일어났다. 안나는 산드로에게 이모의 유언을 무시하고 유산을 똑같이 나누자고 제안했지만 산드로는 거절했고 그 결과 아이들은 철천지원수가 되었다. 그렇지 않아도 문제가 많은 아이들인데 남매끼리 사이까지 좋지 않아 반다의 시름이 컸다.

덕분에 나는 산드로와 안나가 라베스를 돌봐주기 위해 집에 들를 때 서로 마주치지 않도록 순번을 정하고 시간표를 짜야 했고 내 계획을 전혀 신뢰하지 못하는 반다는 시간표를 검사하고 아이들이 각자 우리 집 열쇠를 가지고 있는지 확인했다. 이렇게 주저리주저리 늘어놓는 것은 이 모든 일이 얼마나 번거로운지 말하기 위해서다.

어쨌든 지금 이 순간 반다와 나는 짐가방에 둘러싸인 채 여기에 있다. 우리는 52년이라는 세월을 함께했다. 엉킨 실타래 같은 세월이었다. 반다는 기운이 넘치는 척하는 76세 노부인이고 나는 얼빠진 척하는 74세 노신사다. 반다는 평생 대놓고 내 삶의 모든 것을 계획했고 나는 평생 별다른 항의 없이 그녀의 지시를 따랐다. 반다는 몸이 불편한데도 매사에 적극적인 데 비해 나는 건강한데도 게을러터졌다.

이미 빨간 가방을 차에 실었는데 반다는 불만이 가득하다. 빨간 가방을 먼저 실은 것이 못마땅한 것이다. 아내는 검은 가방을 밑에 넣고 그 위에 빨간 가방을 올리라고 한다. 나는 땀이 나서 등에 달라붙은 셔츠를 손가락으로 떼어내고 검은 가방을 넣기 위해 빨간 가방을 트렁크에서 꺼낸 다음 일부러 목청껏 신음소리를 내며 아스팔트 바닥에 내려놓았다. 바로 그때 자동차 한 대가 멈춰 섰다.

도로뿐 아니라 도시 전체가 텅 빈 것 같은 날이라 자동차가 멈춰서는 것을 눈치채지 않을 수 없었다. 지나가는 차도 없는데 신호등만 혼자서 부질없이 바뀌고 있었고 나뭇잎 사이에서 지저귀는 새들의 노래까지 똑똑히 들릴 정도였다. 자동차는 우리를 몇 미터 지나쳤다가 갑자기 멈춰섰다.

2초쯤 지났을까. 자동차 기어를 바꾸는 소리가 크게 들리더니 끽 소리를 내며 재빨리 후진해 우리 바로 앞에서 멈췄다.

"이럴 수가!"

운전석에 앉아 있던 남자가 소리쳤다. 눈이 움푹 들어간데다 나이에 비해 치아 상태가 안 좋아보였다.

"다른 사람도 아닌 선생님을 길에서 만나다니요. 아버님께 말씀드리면 놀라서 입을 못 다무실 거예요!"

남자는 좋아서 어쩔 줄 몰라 하며 기쁘게 웃었다. 나는 검은 가방을 내버려 두고 남자의 코와 입과 이마를 관찰하며 그가 누군지 알아볼 만한 단서를 찾기 위해 기억을 더듬었지만 아무도 떠오르지 않았다. 보기에 따라 인상이 달라 보이는 얼굴인 데다 잔뜩 흥분한 표정 때문에 누구인지 알아보기가 더 힘들었다.

남자는 좀처럼 흥분을 가라앉히지 못했다. 자기 아버지
가 아직도 나를 좋아하고 존경한다느니, 자기가 어렸을 때
내 도움을 많이 받았다느니, 이제는 드디어 일이 잘 풀려
앞으로 전망이 좋을 거라느니 하는 말을 단숨에 쏟아냈다.
그는 나를 만나서 반갑다는 말을 끝없이 반복했지만 나는
내가 그 남자나 그 남자의 아버지 또는 그 둘 모두에게 어
떤 선행을 베풀었는지 전혀 기억이 나지 않았다. 그저 잠시
나폴리에서 고등학교 선생 노릇을 하던 시절 가르쳤던 제
자이거나 아니면 그보다 더 오랫동안 재직했던 로마 대학
시절의 제자이겠거니 했다.

우연히 만난 나를 보고 반가워하는 타인의 얼굴에서 옛
제자들의 얼굴을 알아보거나 알아본 척하는 일은 내게 꽤
나 자주 있는 일이었다. 내 옛 제자들은 대개 나이가 든 데
다 고생한 흔적이 역력했다. 나는 그 남자가 내 제자였을
확률이 가장 높다고 생각하고 그렇게 결론을 내렸다. 남자
가 내가 자기를 못 알아봤다는 것을 눈치채고 속상해할까
봐 나는 애써 정중한 표정으로 물었다.

"그래, 아버님은 어떻게 지내시나?"

"잘 지내세요. 심장이 좀 안 좋으신데 심각한 정도는 아니에요."

"안부 전해드리게."

"그럼요."

"자네는? 자네는 잘 지내나?"

"그럼요. 제가 독일에 가고 싶어 했던 거 기억하시죠? 정말 그렇게 했어요. 독일에서 일이 좀 잘 풀렸고요. 이탈리아에 있어봤자 무슨 기회가 있었겠어요. 아무런 가능성이 없었을 거예요. 그런데 독일에서는 일이 잘 되어서 작은 회사를 차렸어요. 우리 회사는 가죽을 취급하고 있어요. 가방이나 재킷 같은 고급 가죽제품을 만드는데 잘 팔려요."

"잘 됐네. 결혼은 했고?"

"아직이오. 올가을에 할 예정이에요."

"축하하네. 아버님께 꼭 안부 전해드리게나."

"감사합니다. 아버님께서 얼마나 좋아하실지 모르실 거예요."

나는 남자가 다시 길을 떠나기를 기다렸지만 그는 꿈쩍

도 하지 않았다.

우리는 얼마 동안 어색한 미소를 지은 채 아무 말도 하지 않았다. 그러다 남자가 고개를 힘차게 가로저었다.

"아니지, 아니야. 언제 이런 기회가 또 오겠어. 선생님께 선물을 드리고 싶어요. 선생님과 사모님께요."

"다음번에 하지. 이만 가봐야 해서."

"얼마 안 걸려요. 잠깐이면 돼요."

남자는 차에서 내려 잽싸고 단호한 동작으로 트렁크 문을 열었다.

"이걸 받으세요."

그는 반다를 향해 외치면서 반다에게 반짝이는 핸드백을 내밀었다. 반다는 손이 더러워질까봐 신경 쓰인다는 듯 마지못해 핸드백을 받아들었다. 정체불명의 사내는 나를 위해서는 검은 가죽 재킷을 골랐다. 그는 사이즈가 딱 맞겠다며 재킷을 내 어깨에 걸쳐 놓았다. 나는 사양했다.

"나는 받을 수 없어. 너무 과한 선물이라네."

사내는 그런 내 반응에 아랑곳하지 않고 다시 반다를 바라보았다. 이번에는 그녀에게 반짝이는 버클이 달린 재킷을 주려 했다.

"딱 사모님 사이즈예요."

사내가 만족스러워하며 말했다. 사태가 이 지경에 이르
자 나는 그를 말리려 했다.

"자네 정말 친절하구먼. 정말 고마워. 하지만 이제 선물
은 그만두게. 너무 늦었어. 지금 출발하지 않으면 차가 막
힐 거야."

내 말에 갑자기 그의 태도가 돌변했다. 나긋나긋하던 표
정이 순식간에 굳었다.

"아니에요. 별것 아닌걸요. 할 수 있을 만큼은 해야죠. 대
신 부탁이 있어요. 기름 값으로 몇 유로만 주실 수 있나요?
독일까지 가야 하거든요. 강요하는 건 아닙니다. 부담스러
우시면 신경 쓰지 마세요. 선물은 선물이니까요."

나는 혼란스러웠다. 아버지 이야기를 하며 감사하다느
니 독일에서 소규모 사업체를 운영한다느니 사업이 순풍
에 돛단배 나아가듯 잘 된다느니 하는 이야기를 실컷 늘
어놓더니 이제 와서 기름 값을 달라고? 나는 기계적으로
지갑을 꺼내 5유로나 10유로짜리 지폐를 찾았지만 지갑

에는 100유로짜리 한 장밖에 없었다. 미안하다고 웅얼대
는데 벌써 관자놀이께가 지끈거렸다. 솔직히 미안한 마음
은 눈곱만큼도 없으니 물건을 챙겨서 꺼지라고 쏘아붙이
려는 찰나 남자는 순식간에 빠르고 정확한 동작으로 엄지
와 검지를 집게 모양으로 만들어 내 지갑을 향해 손을 뻗
더니 감사한 마음을 가득 담은 눈빛으로 나를 바라보면서
100유로짜리 지폐를 낚아채 갔다. 그는 내가 미처 정신을
차릴 틈도 없이 운전석에 앉아 출발하며 외쳤다.

  "감사합니다. 아버지가 정말 기뻐하실 거예요."

  저주파 자극기를 가져다준 여자의 사기행각에는 그저
마음이 씁쓸해진 정도였지만 이번 일을 당하고 나니 몸이
아플 지경이었다. 자동차가 도로 저편으로 완전히 사라지
기도 전에 반다가 믿을 수 없다는 듯이 소리쳤다.

  "당신 지금 그 작자에게 100유로를 준 거야?"

  "내가 준 게 아니야. 저 자식이 뺏어간 거야."

  "이 물건들은 10원어치 가치도 없어. 이 물건에서 나는
고약한 냄새를 좀 맡아봐. 이건 가죽이 아니야. 대구 비린
내잖아."

"쓰레기통에 죄다 갖다 버려!"

"절대 안 돼. 적십자에 기부라도 해야겠어."

"그러면 되겠네."

"되긴 뭐가 돼. 맙소사. 우리 둘 다 나폴리에서 자랐는데 어떻게 이런 식으로 속아 넘어갈 수 있지?"

3

나는 해변에 도착할 때까지 몇 시간 동안 재킷과 핸드백에서 나는 악취 때문에 구역질이 나는 것을 참으며 운전했다. 반다는 방금 일어난 일을 도저히 납득하지 못하고 같은 말을 반복했다.

"100유로라니. 100유로면 20만 리라인데, 어떻게 이런 일이."

그녀는 한참을 그러다 겨우 불만이 누그러지자 포기의 한숨을 내쉬면서 말했다.

"뭐, 어쩔 수 없지. 더는 생각하지 말자."

반다의 말에 나는 냉큼 고개를 끄덕였다. 나도 아내처

럼 이 사태를 마무리하기에 적합한 문장을 생각해내려 애
썼지만 그럴듯한 말이 생각나지 않는데다 아주 작은 충격
에도 무너질 듯 기운이 빠졌다. 갈색 머리 여자와 치아 상
태가 좋지 않은 사기꾼을 나도 모르게 연관 지었기 때문인
것 같았다.

'둘 다 한눈에 나를 등쳐먹기 딱 좋겠다고 생각한 거야.'

그들의 판단은 옳았다. 나는 너무나 쉽게 그들에게 속아
넘어갔다. 아마도 내 경계 시스템이 너무 낡아서 기능을 멈
췄나보다. 아니면 호락호락하지 않아 보이던 눈빛이나 입
모양이 세월이 흐르면서 희미해진 것일 수도 있다. 그것도
아니라면 단순히 총기가 흐려져서 궁핍한 가정에서 태어
났던 내가 가난에서 벗어나서 자식들을 키우고 힘든 환경
을 이겨낸 뒤 조금이나마 부를 축적하고 좋든 나쁘든 주변
환경에 적응할 수 있게 해준 과거의 날카로운 기지를 잃어
버렸기 때문일지도 모른다. 정확히 얼마나 어떻게 변했는
지는 알 수 없지만 적어도 내가 예전 같지 않은 것만은 확
실했다.

목적지에 거의 도착했을 때 사소한 사건이 있었다. 그

일로 나는 지난 50년 동안 나로 하여금 삶의 균형을 유지하게 해준 정밀한 균형감각에 대한 통제력 상실이 눈앞에 닥친 현실이라는 사실을 깨달았다. 무법지대를 연상시키는 휴가 기간 도로에서 억지로 운전을 하면서 과거에도 사기를 당한 적이 있었는지 기억을 더듬어보았지만 아무런 생각도 떠오르지 않았다. 대신 아주 오래전에 일어난 사건 중에 내 체면을 살릴 만한 일이 떠올랐다. 반다는 그새 이마를 차창 유리에 기대고 반쯤 잠들어 있었다. 나는 긴 침묵을 깨고 나만의 생각에 빠져 밑도 끝도 없이 그녀와 함께 라이 방송국에 갔었을 때 이야기를 꺼냈다.

계절상으로는 봄이었던 것 같은데 정확히 몇 년도였고 왜 방송국을 방문했었는지는 모른다. 방송국에서 일하기 전이고 라이 방송국으로 가던 길이 아니었는지도 모른다. 그렇다면 우리는 어디로 가던 길이었을까? 확실한 것은 우리가 급히 택시를 탔고 목적지에 도착한 후 택시기사에게 5만 리라를 줬는데 택시기사는 내가 자기한테 만 리라짜리 지폐를 줬다고 우겼다는 사실이다. 이를 두고 실랑이가 벌어졌는데 택시기사는 내가 5만 리라짜리 지폐로 요금을 지불하는 것을 똑똑히 봤다면서 내 주장을 뒷받침해주려던 아내에게까지 무례하게 굴었다.

나는 그 당시 몸에 익은 오만방자한 태도로 경멸감을 드러내며 택시기사의 이름을 비롯해서 그와 관련된 신변 정보를 묻고는 5만 리라는 가져도 좋지만 대신 나는 그길로 경찰서로 달려가 당신을 신고하겠다고 말했다. 그러자 택시기사는 사나운 태도로 내 질문에 일일이 대답하더니 오늘은 아예 집 밖으로 나오지 말았어야 했다는 둥 누가 시키지도 않았는데 대체 왜 나왔는지 모르겠다는 둥 독감에 걸렸다는 둥의 이야기를 횡설수설 늘어놓더니 결국 내게 잔돈을 제대로 거슬러주었다.

"그때 일 기억나지?"

나는 자랑스럽게 반다에게 물었다.

아내는 몸을 일으키더니 의아한 눈초리로 나를 바라보았다.

"뭔가 착각했나보네."

반다가 차갑게 말했다.

"내 기억은 정확해."

"그때 당신과 함께 택시 탔던 건 내가 아니야."

순간 가슴 위쪽으로 열이 확 오르면서 이마가 타는 듯했지만 겨우 열기를 가라앉혔다.

"당신 맞아."

"그만해."

"당신이 제대로 기억하지 못하는 거야."

"그만하라니까."

"아니면 나 혼자였나 보지."

나는 이렇게 중얼거리고는 이야기를 시작했을 때와 똑같이 갑자기 입을 다물었다.

우리는 언짢은 기분으로 적막 속에서 얼마 남지 않은 여정을 함께했다. 호텔에 도착한 뒤 바다가 보이는 방에 배정된 것을 알고 나서야 겨우 기분이 나아졌다. 저녁식사도 훌륭했고 호텔방에 돌아와 보니 에어컨도 그만하면 작동이 잘됐다. 침대와 베개는 반다의 아픈 척추를 보호하기에 안성맞춤이었다. 우리는 각자 약을 챙겨 먹고 기절한 듯 깊은 잠에 빠졌다.

나는 서서히 안정을 되찾았다. 일주일 내내 날씨는 쾌청

했고 바닷물은 맑았다. 우리는 오랫동안 수영을 하고 산책을 했다. 우리가 간 곳은 집이 드문드문 떨어져 있는 전원 지역이었다. 이따금 바다가 강렬한 태양 아래 청록색으로 반짝였고 해질 무렵이면 하늘은 붉게 물들었다. 그곳에서 우리는 기분 좋게 휴가를 보냈다. 비록 점심 저녁으로 뷔페식 식당에서 음식을 조금이라도 더 가져가려는 호텔 투숙객 사이에서 경쟁이 치열하게 벌어졌고 그때마다 반다는 음식을 조금밖에 못 담아온다며 내게 화를 냈으며 식당은 어른 아이 할 것 없이 사람들의 고함소리로 시끄러웠지만 말이다. 게다가 밤 11시가 되면 웨이터들이 위험하니 이제는 해변으로 가지 말라고 당부하면서 돌아다니기 시작했다. 그들은 투숙객들이 잠자는 시간에는 해변이나 도로로 통하는 문이란 문은 모두 잠가버렸다.

"바람이 좋네."

"이런 바다는 정말 오랜만이야."

"해파리 조심해."

"해파리를 봤어?"

"아니. 못 본 것 같아."

"그런데 왜 겁을 줘?"

"그냥 하는 말이지."

"아니면 수영하기 전에 내 기분을 망치고 싶었던가."

"그럴 리가 있겠어."

반다가 고집을 부린 덕에 우리는 바다에서 가장 가까운 모래사장에 파라솔을 얻기까지 했다. 우리는 나른한 바다를 마주 보고 선베드에 누웠다. 반다는 미래과학 서적을 읽으면서 이따금 아원자의 세계나 우주 이야기를 들려주었고 나는 소설이나 시를 읽다 반다에게 몇몇 구절을 읊어주기도 했다. 반다를 위해서라기보다 소리 내어 읽는 것이 즐거웠기 때문이다. 저녁식사 후 우리는 테라스에서 여러 번 별똥별이 떨어지는 광경을 함께 목격하고 그 기쁨을 같이 나눴다. 우리는 밤하늘과 향기로운 밤공기에 찬탄했다. 휴가가 반쯤 지났을 때에는 그 해변과 바다뿐만 아니라 지구라는 행성 전체가 기적처럼 느껴졌다.

나는 지난 74년 동안 용광로 같은 이 우주 속에서 부글부글 끓어오르는 천체의 구성물로서 행복한 변화의 과정을 겪었다는 사실을 만끽했다. 운 좋게도 이렇다 할 불행이

나 심한 아픔을 겪지 않고 사유하는 생명체로서 살아온 기쁨을 만끽했다. 유일하게 성가셨던 것은 모기였다. 밤마다 모기들이 반다는 건드리지 않고 나만 집중적으로 물어댄 탓에 반다는 계속 모기가 없다고 우겼다. 모기만 빼면 인생은 너무나 아름다웠고 인생을 영유할 수 있다는 것 또한 더없이 멋진 일이었다. 평생 나와는 거리가 멀었던 낙관적인 기분에 나 스스로도 놀랄 지경이었다.

하지만 휴가 마지막 날 상황이 안 좋아졌다. 교통 체증을 피하기 위해 새벽 6시에 출발하기로 했는데 갑자기 하늘이 구름으로 뒤덮이더니 돌아가는 길 내내 굵고 거친 빗방울이 떨어졌다. 천둥번개가 치는 고속도로는 휴가를 보내기 위해 왔던 길보다 훨씬 더 위험했다. 반다의 운전 실력이 형편없기 때문에 휴가를 떠날 때와 마찬가지로 집으로 돌아가는 길에도 내가 계속 운전대를 잡았지만 차선을 유지하는 것조차 쉽지 않았다. 특히 커브를 돌 때에는 버스 차선을 침범하거나 가드레일에 부딪힐까봐 두려웠다.

"꼭 이렇게 속도를 내야겠어?"

"속도 안 내고 있어."

"비가 멈출 때까지 기다리자."

"금세 멈출 비가 아니야."

"세상에나 저 번개 좀 봐."

"이제 천둥소리도 들릴 거야."

"로마에도 이렇게 비가 많이 내릴까?"

"모르겠어."

"라베스는 천둥소리를 무서워하는데."

"라베스는 괜찮을 거야."

휴양지에서는 모든 일이 제대로 진행되고 있는지 확인하기 위해 산드로나 안나에게 전화할 때만 고양이 이야기를 했는데 지금은 돌아가는 길 내내 고양이 이야기를 하며 걱정했다. 반다에게 라베스는 집의 평온함을 상징했다. 반다는 운전을 험하게 한다고 잔소리를 퍼부으며 나를 괴롭혔지만 실은 집에 빨리 돌아가고 싶어서 어쩔 줄 몰라 했다. 로마에도 거친 폭우가 쏟아지고 있다는 사실을 알고 반다의 불안은 커져만 갔다. 도로 주변으로 더러운 빗물이 흘러서 맨홀 앞마다 거대하고 탁한 물웅덩이가 고여 있었다.

우리는 오후 2시에 집 앞 도로에 주차했다. 비가 내리는

데도 더워서 숨이 턱턱 막혔다. 나는 차에서 짐을 내렸다.
반다가 우산을 받쳐주겠다고 했지만 그렇게 되면 결국 우
리 둘 다 흠뻑 젖을 것이 뻔해서 나는 아내에게 먼저 집에
들어가라고 했다. 반다는 몇 번 거절하다 결국 내 말에 따
랐고 나는 크고 작은 가방을 잔뜩 짊어지고 흠뻑 젖은 채
엘리베이터로 향했다. 그때 먼저 올라갔던 반다가 층계참
에서 외쳤다.

"짐은 내버려 두고 지금 당장 올라와."

"왜 그래?"

"문이 안 열려."

4

나는 반다의 말을 귀담아듣지 않았다. 반다를 몇 분 더
기다리게 한다고 세상이 무너지는 것은 아니니 괜찮다고
생각했다. 나는 점점 더 심하게 재촉하는 반다를 향해 차분
하게 말로만 지금 올라간다고 하면서 짐을 모두 엘리베이
터에 실었다. 집 앞 층계참까지 크고 작은 가방들을 다 옮

기고 나서야 나는 반다가 정말로 겁에 질렸다는 사실을 깨달았다. 그녀는 열쇠로 현관문을 열었는데 뭔가 이상하다고 했다.

"이것 좀 봐."

반다가 내게 말하면서 살짝 열린 문짝을 가리켰다. 문을 힘껏 밀어봤지만 소용이 없었다. 문이 뭔가에 걸려 있었다. 나는 아픔을 참으면서 목을 비틀어 열린 문틈 사이로 고개를 들이밀었다.

"어때?"

반다가 불안해하면서 물었다. 그녀는 내가 어디론가 떨어져버릴까봐 두려운 듯 내 셔츠를 꼭 붙잡고 있었다.

"집이 엉망이네."

"어디가?"

"집 안이."

"대체 누가 그런 걸까?"

"나도 모르지."

"산드로에게 전화해볼게."

나는 반다에게 우리 아이들은 이미 휴가를 떠났다는 사

실을 상기시켰다. 산드로는 분명 그날 아침 코린느의 아이들을 데리고 프랑스로 떠났을 테고 안나는 어디로 갔는지 알 수 없었다. 남편인 나보다 장남을 더 신뢰하는 반다는 그래도 전화해보겠다면서 가방에서 핸드폰을 꺼내려다 갑자기 동작을 멈췄다. 라베스 생각이 난 것이다. 아내는 위압적인 목소리로 목청껏 라베스를 불렀다. 함께 기다려보았지만 고양이 울음소리는 고사하고 정적만 흘렀다. 그제야 우리는 힘을 모아 문짝을 밀기 시작했다. 밀고 또 밀다보니 바닥에 문이 쓸려 끼익하는 소리와 함께 틈새가 더 벌어져 나는 집 안으로 들어갈 수 있었다.

언제나 깨끗하던 현관이 알아볼 수 없을 정도로 어질러져 있었다. 파도가 갑작스럽게 휩쓸고 지나간 것처럼 거실 소파와 테이블이 포개져 있고 바닥에는 예전에 안나가 쓰던 책상이 비스듬히 쓰러져 있었다. 저절로 떨어진 건지 아니면 누군가가 일부러 그렇게 해놓은 건지 모르지만 책상 서랍들은 서랍들대로 바닥에 널려 있었다. 그중 하나는 세로로 세워져 있었고 나머지는 오래된 공책이며 연필, 볼펜, 컴퍼스, 제도용 T자, 인형 등 안나가 어린 시절 사용하던 물건 사이에 널브러져 있었다.

나는 조심스럽게 발걸음을 뗐지만 몇 걸음도 채 가지 못하고 바스러지는 소리가 들렸다. 깨진 장식품 파편을 밟은 것이었다. 반다가 나를 불렀다.

"알도! 여보! 대체 무슨 일이야? 당신 괜찮아?"

자세히 살펴보니 바닥에 흐트러진 물건의 잔해에 문이 걸려 있었다. 나는 파편을 치우고 문을 열었다. 반다는 무언가에 걸려 넘어질까 겁이 나는 듯 불안한 걸음으로 집 안에 들어왔다. 그새 얼굴이 창백해져 있었다. 햇볕에 그을린 피부가 푸르죽죽한 진흙 마스크로 변해 있었다. 그대로 내버려 두었다간 기절할 것 같아서 반다의 팔을 붙잡았지만 그녀는 몸을 비틀어 내 손을 뿌리치고는 아무 말도 없이 급히 거실과 아이들 방, 부엌과 욕실 그리고 침실을 둘러보았다.

나는 일부러 속도를 늦췄다. 나는 평소에도 감당하기 힘든 상황에 처하면 실수하지 않기 위해 오히려 속도를 늦추곤 했다. 반다는 달랐다. 반다는 잠시 어쩔 줄 몰라 하다가 모든 수단을 동원해 온몸으로 두려움에 맞섰다. 처음 만났을 때도 그랬고 지금도 마찬가지다. 복도와 방에서 울리는 반다의 발소리를 들으며 나는 또 한 번 나라는 존재가 나약하기 짝이 없으며 자칫하면 부서질 것 같다고 생각했다. 이번에는 그런 느낌이 더 명확하게 다가왔다.

주변을 둘러보다 서재로 들어가보니 지난주까지만 해도 벽을 장식하고 있던 판화들이 깨진 유리와 부서진 액자, 뒤집힌 선반, 너덜너덜해진 책과 부서진 전축판 사이에 떨어져 있었다. 나는 판화들을 밟지 않으려고 조심스럽게 발을 내디뎠다. 서재에서 오래된 카프리섬 풍경화의 잔해를 주워 모으고 있을 때 반다가 돌아왔다.

"당신 지금 뭐 하고 있는 거야?"

반다가 넋이 나간 표정으로 물었다.

"그렇게 우두커니 서 있지 말고 이리 좀 와봐. 집 안이 엉망진창이야."

반다는 미처 내가 확인하기도 전에 옷장은 텅텅 비어 있고 옷가지며 옷걸이가 사방으로 흩어져 있으며 침대는 뒤집혀 있는데다 누군가가 집 안의 거울이란 거울에는 몽땅 분풀이를 해놨다면서 참혹한 광경을 미리 알려주었다. 반

다는 셔터가 올라가 있고 발코니로 통하는 문이며 창문이
죄다 활짝 열려 있어 크고 작은 도마뱀부터 쥐새끼까지 뭐
가 들어왔을지 모르겠다고 하다가 결국 울음을 터뜨리고
말았다.

나는 반다를 다시 현관으로 데리고 갔다. 책상을 한쪽으
로 밀어놓고 소파 위에 엎어져 있던 테이블을 바닥에 내려
놓은 뒤 소파를 제대로 세워놓고 반다를 앉혔다.

반다에게 거기 가만히 있으라고 말하다가 본의 아니게
짜증 섞인 말투가 튀어나왔다. 방들을 차례로 살펴보는데
정신이 아득해졌다. 엉망이 되지 않은 방이 하나도 없었다.
최소한 기본적인 생활을 할 수 있을 정도로만 정리하려 해
도 오랜 시간과 노고와 비용이 필요할 터였다. CD 플레이
어는 반짝이는 CD와 얼마 전까지 파일 속에 가지런히 정
리되어 있었던 오래된 서류들과 우리가 종이 상자 속에 담
아 놓았던 어린 시절 안나가 모은 조개껍데기와 함께 바닥
에 떨어져 있었다. 조개껍데기는 짓밟혀 대부분 산산조각
나 있었다. 오랜 세월 이 집에 살면서 정든 거실과 서재, 아
이들 방의 오래된 가구들이 참혹하게 망가져 있었다.

욕실은 더 심했다. 한마디로 돼지우리였다. 온갖 약품과 화장솜, 화장지와 짜다 만 치약, 깨진 거울 파편과 액상 비누가 사방에 흩어져 있었다.

묵직한 고통이 나를 짓눌렀다. 그것은 내 것이 아닌 반다의 고통이었다. 반다는 지금껏 이 집을 살아 있는 생명체처럼 소중하게 가꾸어왔다. 늘 깨끗하고 정돈된 상태로 유지해왔다. 그녀는 지난 수년간 나와 아이들에게 일련의 규칙들을 지키도록 강요해왔다. 강압적이기는 했지만 모든 물건을 언제나 정해진 자리에서 찾는 데 유용한 규칙이었다. 돌아가 보니 반다는 어두운 현관 구석에 앉아 있었다.

"누가 이런 짓을 한 걸까?"

"도둑놈들 소행이겠지."

"훔쳐 갈 게 뭐가 있다고? 우리 집엔 귀중품이 없잖아."

"그래서 더 그런 거야."

"무슨 뜻이야?"

"훔쳐 갈 게 없어서 집을 엉망으로 만들어놓은 거라고."

"대체 어디로 들어왔지? 현관문은 잠겨 있던데."

"발코니나 창문으로 들어왔겠지."

"부엌 서랍에 50유로가 있었는데 그 돈도 가져갔어?"

"모르겠는데."

"우리 어머니가 물려주신 진주 목걸이는?"

"몰라."

"라베스는 어디 간 거지?"

5

그러고 보니 라베스는 어디로 간 걸까? 반다는 자리에서 벌떡 일어나 화난 목소리로 라베스를 부르기 시작했다. 나도 반다보다는 작은 소리로 고양이를 불렀다. 우리는 방을 돌아다니면서 고양이의 이름을 외치고 창문 밖과 발코니를 살폈다. 갑자기 반다가 라베스가 건물 아래로 떨어졌을지도 모른다고 중얼거렸다. 우리 집은 4층이었고 집 아래 안뜰은 울퉁불퉁한 돌바닥이었다. 나는 그럴 리 없다며 반다를 안심시켰다. 무서워서 숨어 있을 거라고 했다. 우리 집에 침입한 사람들에게 두려움을 느꼈을 거라고 했다. 지금 이 순간 잘 알지도 못하는 낯선 사람들이 우리 물건에

손댔을 거라는 생각에 우리가 두려움과 거부감을 느끼는 것처럼 말이다.

반다는 침입자들이 라베스를 죽였으면 어떻게 하냐고 갑자기 물었다. 반다의 말에 뭐라 대답하기도 전에 나는 그녀의 눈빛에서 침입자들이 라베스를 죽인 게 틀림없다는 확신을 읽었다. 반다는 라베스를 부르기를 멈추고 미친 듯이 집 안을 샅샅이 뒤지기 시작했다. 물건을 뒤지고 쓰러진 가구 사이로 비집고 들어가기도 하고 똑바로 서 있는 가구 사이를 살피고 다녔다. 나는 반다보다 빨리 움직이기 위해 서둘렀다. 도둑놈들이 화가 나서 물건을 망가뜨렸듯이 라베스에게 과도한 분풀이를 했을 수도 있다는 생각이 들었기 때문이다.

차라리 내가 먼저 고양이 시체를 발견해서 상황에 따라 반다가 못 보게 숨기는 게 나을 것 같았다. 나는 겨울옷을 보관해두는 작은 옷방을 살폈다. 순간 공포영화에 나오는 것처럼 고양이가 갈가리 찢겨 있거나 코트 사이에 대롱대롱 매달려 있을 것 같았다. 하지만 고양이 시체 대신 나는 다른 곳과 마찬가지로 난장판이 된 옷장을 발견했다. 옷장

철봉은 떨어져나갔고 옷가지는 모조리 바닥에 널려 있었다. 라베스의 흔적은 없었다.

고양이를 찾지 못하자 반다는 오히려 안심하는 눈치였다. 고양이가 살아 있을지도 모른다는 생각 때문이기도 했고 집 안을 뒤지다 놀랍게도 장모님이 물려주신 진주 목걸이가—그 목걸이는 아내가 가진 유일한 보석이었다—원래 보관해놓은 서랍 속에 그대로 있고 싱크대 밑에서 서랍에 넣어두었던 50유로짜리 지폐가 엎질러진 세제 아래서 발견되었기 때문이다. 반다는 갑자기 도둑놈들이 멍청하다고 생각했다. 엄청난 보물이라도 찾을 기세로 사방팔방 다 뒤지고 물건을 있는 대로 뒤엎어놓고서는 그나마 값나가는 진주 목걸이와 50유로짜리 지폐도 발견하지 못하다니. 나는 반다를 위로하면서 이제 그만하라고 했다. 그러고는 도둑놈들이 대체 어떻게 4층까지 올라왔는지 알고 싶어서 다시 서재와 거실 발코니를 살폈다. 나는 반다가 눈치채지 못하게 조심하면서 뜰에서 라베스의 흔적을 찾았다.

'1층 지붕에 묻은 저 검은 얼룩은 뭐지? 후덥지근한 빗줄기에도 핏자국이 씻겨 내려가지 않고 남은 건가?'

나는 도둑놈들이—몇 명이었을까? 두 명? 세 명?—틀림
없이 배수관을 타고 처마까지 올라온 다음 우리 집 발코니
로 넘어왔을 거라고 생각했다. 발코니 문 셔터를 손으로 밀
어올린 다음 유리를 깨뜨릴 필요도 없이 낡은 문을 경첩째
뜯어낸 후 집 안으로 들어왔을 것이다. 창문과 발코니를 눈
으로 훑으면서 진작에 창살을 달았어야 했다며 혼자 후회
했다. 하지만 특별히 지켜야 할 것도 없는데 뭐 하러 그렇
게 한단 말인가.

　나는 다시 집 안으로 들어갔다. 그 순간만큼은 엉망이
되어버린 집보다 텅 빈 건물에 흐르는 정적이 나를 더 불
안하게 했다. 우리의 심정을 토로하고 우리가 어떤 모욕을
당하고 어떤 피해를 입었는지 보여줄 수 있는 사람이 아무
도 없었다. 같은 건물에 사는 주민으로서 연대의식을 느낄
수도 없었고 충고를 들을 수도 없었고 약간의 동정조차 받
을 수 없었다. 건물 주민들이 대부분 휴가를 떠나서 걸음
소리, 말소리, 문소리조차 들리지 않았다. 잿빛 빗줄기가
온 세상을 지워버린 것 같았다. 이런 내 속마음을 알아차렸
는지 반다가 말했다.

"가방들 좀 집 안에 들여놔줘. 나는 나다르 씨가 집에 있는지 한번 가볼게."

반다는 내 대답을 기다리지 않고 나다르의 집으로 향했다. 집에 나와 단둘이 있는 것이 견디기 힘들었던 것이다. 반다가 계단을 내려가는 소리가 들렸다. 발소리는 2층에서 멈췄다. 반다가 나다르네 집 현관문을 두드렸다. 나다르와 오래전부터 친하게 지내는 사이로 그는 이 건물에서 휴가를 떠나지 않은 유일한 사람이기도 했다.

나는 가방을 집 안으로 옮겼다. 가방에 들어 있는 것이라고는 더러운 빨랫감이 대부분이었지만 그 순간만큼은 난장판이 되어버린 집에서 흐트러지지 않고 온전히 우리 것으로 남은 유일한 물건이었다. 반다와 나다르의 목소리가 위층까지 똑똑히 들렸다. 반다는 흥분한 목소리로 말을 이어나갔고 나다르는 특유의 점잖은 목소리로 이따금 끼어들었다. 나다르는 은퇴한 판사로 올해 아흔한 살이었다. 몹시 정중하고 나이에 비해 정신이 맑았다. 나는 층계참으로 나가 계단 위에서 그들을 내려다보았다. 나다르는 지팡이를 짚고 있었고 그의 머리 가장자리에 몇 가닥 남지 않은 백발이 보였다.

나다르는 세심하게 선택한 어휘를 구사하며 반다를 위로하고 있었다. 비록 귀가 먹어서 목소리가 크긴 했지만 우리에게 도움이 되기 위해 애썼다. 그는 무슨 소리를 듣기는 했는데 한밤중이 아니라 저녁 무렵이었다고 했다. 로마에는 전날부터 비가 줄기차게 쏟아졌기 때문에 천둥소리겠거니 생각했다는 것이다. 대신 고양이 울음소리는 확실히 들었다고 했다. 밤새 고양이 우는 소리가 들렸다고 했다.

"어디서요?"

나다르의 말에 반다가 절박하게 물었다.

"뜰에서요."

반다는 고개를 들고 계단 꼭대기에 서 있는 나를 바라보았다.

"당장 내려와."

반다가 나에게 소리를 질렀다.

"나다르 씨가 뜰에서 고양이 울음소리를 들었대."

나는 마지못해 반다에게 갔다. 마음 같았으면 그길로 현관문을 다시 걸어 잠그고 바다로 떠났을 것이다. 나는 나다르에게 비가 계속 내리니 조심해야 한다고 말했지만 그는 우리와 함께 라베스를 찾겠다고 나섰다. 우리 셋은 함께 고양이의 이름을 부르며 뜰을 맴돌았다. 나는 도무지 집중할 수 없었다. 나는 생각했다.

'비 때문에 핏자국이 다 지워져서 다행이야. 어차피 못 찾을 거야. 가도 편히 가려고 어딘가 꼭꼭 숨어 있겠지.'

그러면서 나는 가냘프고 허리가 구부정하게 굽은 우리 집 이웃사촌을 바라보았다. 피부에 분홍빛이 감돌았지만 이마와 광대뼈 주위로 주름이 깊게 파여 있었다. 내게 아직 살날이 많이 남았다면 나도 결국 저 남자처럼 될까. 20년 후에 나도 저렇게 될까. 반다와 함께하는 20년이라… 산드로와 손주들이 종종 우리를 보러 오겠지. 안나도 가끔 올테고. 집 안을 정리해 예전 상태로 되돌려놓아야 한다. 이런 식으로 시간 낭비만 하고 있을 수는 없다.

갑자기 나다르가 손바닥으로 이마를 쳤다. 중요한 일이 생각난 것이다.

"최근 들어 자네 집 초인종 소리가 자주 들렸다네."

나다르가 내게 말했다.

"누가 그랬는데요?"

"그야 나도 모르지. 하지만 인터폰 소리가 들렸어."

"우리 집에서요?"

"그렇다니까."

"인터폰 소리는 들었으면서 도둑들이 우리 집을 난장판으로 만들어놓는 소리는 못 들은 거예요?"

나는 비아냥댔다.

"귀가 먹어서 그래."

나다르가 변명했다. 그는 청력이 좋지 않아서 작은 소리에는 주의를 기울이고 큰 소리에는 신경을 안 쓰는 데 익숙해져 있었던 것이다.

"초인종이 몇 번이나 울리던가요?"

"대여섯 번 정도. 어느 날 오후에는 밖을 한 번 내다보았지."

"누가 있었죠?"

"젊은 색시였어."

나다르가 평소 반다에게도 색시라고 부른다는 사실을 알기에 나는 그에게 그 색시가 어떻게 생겼는지 묘사해달라고 했다. 하지만 나다르의 설명은 모호했다.

"체구가 작고 갈색 머리에 나이는 많아봤자 서른 정도
되어보였어. 그 색시는 우편함에 전단지를 넣어야 한다고
하더군. 나는 문을 열어주지 않았네."

"우리 집 초인종을 누른 게 확실해요?"

"확실하다니까."

"그런 다음에는 또 언제 초인종이 울렸는데요?"

"어제저녁에."

"어제도 같은 여자였나요?"

"아니. 어제는 두 명이었어."

"여자 둘이오?"

"남자 하나랑 여자 하나."

분수대 옆에 있던 반다가 나를 향해 손짓했다. 얼굴이
수척한 데다 종잇장처럼 창백해서 녹색 눈이 도드라져 보
였다.

"여기 새가 한 마리 죽어 있어."

반다의 말이 무슨 뜻인지 제대로 이해한 사람은 나밖에
없었다. 라베스는 날아다니는 모든 생명체를 기똥차게 잡

아내는 솜씨 좋은 사냥꾼이었다. 나는 나다르를 내버려 두고 반다에게 다가갔다. 비 때문에 흰머리가 머리에 딱 달라붙어 있었다. 나는 반다에게 죽은 새는 아무런 의미가 없다며 경찰서에 갔다올 테니 어서 집으로 가라고 했다. 하지만 반다는 고개를 힘차게 가로저으면서 자기도 함께 경찰서에 가겠다고 했다. 은퇴한 지 20년이 지났는데 아직도 자기가 현역 판사처럼 위엄 있을 거라고 믿는 우리 집 이웃 사촌은 자기도 도움이 될 거라면서 우리를 따라나섰다.

6

우리는 물이 뚝뚝 흐르는 우산을 들고 집에서 가장 가까운 경찰서로 갔다. 제복 차림의 예의 바른 젊은 청년이 작은 사무실에서 우리를 맞이했다. 사무실에 들어서자마자 나다르는 '나다르 마로시'라고 자기소개부터 했다. 상소법원장이라는 직책을 힘주어 말했다. 그는 위엄 있는 태도로 그간 일어난 사건을 정확하게 요약했다. 거기까진 좋았는데 갑자기 격동의 90년대에 자신이 이룬 업적을 늘어놓기 시작했다. 젊은 경찰은 망자들의 하소연을 듣기 위해 지옥으로 내려온 것 같은 표정으로 나다르의 말에 귀를 기울였다.

나는 몇 번이나 나다르의 말을 끊고 난장판이 된 우리 집 이야기로 대화의 초점을 맞추려 했다. 수많은 시도 끝에 겨우겨우 대화의 주도권을 잡았지만 관심병자 같은 나다르의 태도에 짜증이 난 나머지 나도 젊은 경찰에게 평범한 사람이 아니라는 사실을 피력하고 말았다. 나는 경찰에게 '내 이름은 알도 미노리요. 알도 미노리. 알도 미노리라니까요'라며 내 이름을 두세 번 반복해서 말하고 그의 태도를 살폈다. 경찰이 이렇다 할 반응을 보이지 않자 나는 순수하게 내 아이디어로 제작해 내게 명성을 선사한 80년대 TV 프로그램 이야기를 꺼냈다. 하지만 경찰은 그 시절 아예 태어나지 않았던가 아니면 너무 어려서 프로그램 제목이나 내 이름을 들어보지도 못한 것 같았다. 그는 어색하게 웃어보이고는 엄숙한 태도로 이제 그만 본론으로 돌아가자고 했다. 젊은 경찰과 달리 나와 나다르는 그런 엄숙함을 잃은 지 오래였다.

나는 머쓱해져서—사실 나는 말을 가려 하는 편이고 장
광설은 좋아하지 않는다—도둑이 들어 집을 엉망으로 만
들어놓았다는 말을 다시 반복했다. 하지만 이번에도 고삐
가 풀려서 일주일 전 내게 5유로를 더 내놓으라고 요구했
던 배달부 여자와 집 앞에서 100유로를 빼앗아간 사기꾼
이야기를 다소 혼란스럽게 늘어놓았다. 그뿐만이 아니었
다. 이번에는 내가 먼저 나서서 나다르에게 일주일 내내 몇
번이나 우리 집 초인종을 눌렀던 젊은 여자와 전날 밤 갑
자기 나타난 한 쌍의 남녀 이야기를 하라고 부추겼다.

나다르는 다시 말할 수 있는 기회를 잡아 기쁜 나머지
초인종 소리가 몇 번 들렸고 그때마다 상황이 어땠는지 필
요 없는 내용까지 자세히 덧붙이면서 이야기를 세세히 늘
어놓기 시작했다. 나다르의 말은 우리 등 뒤에 있던 문이
열리고 우리 셋이 미처 뒤돌아보기 전에 누군가 젊은 경찰
에게 몸짓으로 신호를 보낼 때까지 이어졌다. 그러자 젊은
경찰은 웃음을 터뜨리더니 좀처럼 정신을 차리지 못했다.
그는 미안하다고 중얼거리고는 우리를 향해 물었다.

"그래서 도둑놈들이 뭘 훔쳐 갔나요?"

"뭘 훔쳐 갔냐고요?"

나는 경찰의 말을 따라하면서 반다를 바라보았다. 그러자 그때까지 입을 다물고 있던 반다가 속삭였다.

"아무것도 훔쳐 가지 않았어요."

"귀금속 같은 것도요?"

젊은 경찰이 물었다.

"장신구라고는 제가 끼고 있는 귀걸이밖에 없는데 그나마도 항상 끼고 다닌답니다."

"다른 장신구는 없었나요?"

"어머니께서 물려주신 진주 목걸이가 있었는데 그건 못찾았나 봐요."

"어디 깊숙한 곳에 숨겨놓으셨나 보네요?"

"그렇지도 않아요."

그때 내가 나섰다.

"도둑놈들은 집을 엉망으로 만들어놓기만 하고 체계적이진 않았소. 아내가 부엌 서랍에 넣어둔 50유로짜리 지폐도 못 찾았소. 지폐는 그들이 악의적으로 쏟아버린 세제 아래 있었다오."

젊은 경찰은 못마땅한 표정을 지어 보이고는 주로 나다르를 바라보며 말했다.

"집시들 소행이었을 거예요."

젊은 경찰이 말했다.

"창문이나 발코니를 통해 집에 들어와서 가구로 현관문을 막아 집주인이 들어오지 못하게 한 다음 집 안을 샅샅이 뒤지는 젊은애들 말이에요. 그 자식들은 귀금속을 찾다가 못 찾으면 화풀이로 뭐든 박살내버린답니다."

나는 경찰의 말을 바로잡았다.

"우리 집 문은 가구로 막아놓은 게 아니라 파편에 낀 거였소만."

그러고는 한마디 덧붙였다.

"누구라도 좀 보내주면 좋겠는데. 현장을 직접 확인하게 말이오. 지문이라도 남겼을지 모르잖소."

내 말에 젊은 경찰은 그간 보였던 인내심을 상실한 듯했다. 그는 고등 교육을 받은 젊은이다운 어휘를 구사하며 단호한 어조로 현실은 TV 드라마와 다르다고 했다. 이런 일은 매일 일어나고 자다가 살해당하지 않은 것을 다행으로 여기라고 했다. 그는 지금처럼 갈수록 살기 힘들어지는 때에 경찰의 힘을 약화시키고 군대를 강화하려는 현 정부의 조치는 시민들의 안전뿐 아니라 민주주의 시스템에도 악영향을 끼칠 거라고 했다. 그는 과거에 판사로 재직했거나 텔레비전에 나왔다는 사실은 결국 우리 둘에게도 현 사회가 이토록 엉망이 된 데에 대한 책임이 있다는 것을 의미한다고 했다.

마지막으로 그는 창문에 창살을 설치하고 누군가 집 안에 침입하려 할 때마다 즉시 가장 가까이 있는 경찰 순찰차에 신호를 보내주는 보안 시스템을 설치하라고 충고했다. 그러면서 훔칠 것이 하나도 없는 집에 그렇게까지 할 필요가 있는지는 모르겠다고 비아냥댔다.

갑자기 의자에 앉아 있던 반다가 안절부절못했다.

"고양이가 안 보여요."

"그렇군요."

"도둑놈들이 고양이를 데려갔으면 어쩌죠?"

"뭐하러요?"

"그야 모르죠. 몸값을 요구할 수도 있고."

젊은 경찰은 나나 나다르에게는 보이지 않던 호의를 드러내며 반다에게 미소를 지었다.

"모든 게 가능하죠, 미노리 부인."

경찰이 계속 말했다.

"하지만 우선 나쁜 생각은 다 쫓아버리시고 좋은 쪽으로만 생각하세요. 이번에야말로 집 안 정리를 할 수 있는 절호의 기회가 아닙니까. 필요 없는 것은 버리고 갖고 있었는지조차 몰랐던 유용한 물건을 발견할 수 있는 기회죠. 고양이는 아마 이 기회에 여자 친구를 만들러 갔을 거예요."

경찰의 말에 나도 웃고 나다르도 웃었지만 반다는 웃지 않았다.

7

우리는 집으로 돌아왔다. 그새 비도 그쳤다. 나와 반다는 엉망이 된 우리 집을 직접 확인하고 싶어 하는 나다르를 떼어내느라 애를 먹었다.

"멍청한 노인네 같으니라고. 그 노인네가 자기 자랑을

늘어놓는 바람에 경찰을 짜증나게 만들었어. 당신도 만만
치 않았고."

반다가 화를 냈다.

나는 반다의 말에 대답하지 않았다. 슬프게도 맞는 말이
었다. 나는 서재 발코니로 나갔다. 비가 쏟아져서 공기가
어느 정도 상쾌해졌기를 바랐지만 여전히 후덥지근했다.
더러운 물방울이 내 머리와 셔츠를 적셨다.

반다가 저녁식사를 하라고 불렀다. 그녀의 목소리가 조
금 지나치게 명령조로 느껴졌다. 식사 중에 우리는 별다른
이야기를 하지 않았다. 갑자기 반다가 또 아이들에게 전화
를 해봐야겠다고 했다. 나는 반다의 의견에 반대하며 둘 다
이미 자기들 일만으로 충분히 복잡하니 휴가 동안만이라
도 그냥 내버려 두라고 했다. 산드로는 이제 막 프로방스에
있는 처가에 도착했을 터이고 안나는 그새 애인을 갈아치
우고 크레타에 있을 터였다.

나는 아이들을 보호해주고픈 마음에 아이들을 방해하지
말자고 했지만 반다는 내 말에 아랑곳하지 않고 '집에 도
둑이 들었고 고양이가 사라졌다'는 내용의 문자를 보냈다.

안나는 문자를 보내자마자 평소 그 아이답게 짤막한 답장을 보냈다.

'세상에, 가엾은 우리 엄마 아빠. 마음이 안 좋아요. 너무 무리하지 마세요.'

산드로 역시 평소 그 애답게 문자를 보낸 지 한 시간이 지난 후에야 길고 세심한 답장을 보냈다. 산드로는 우리와 약속한 대로 전날 밤 집에 왔었다고 했다. 그는 9시부터 9시 30분까지 머물렀다면서 경찰한테 그때까지만 해도 집에 아무런 문제가 없었고 라베스도 잘 있었다는 말을 꼭 하라고 했다. 마지막으로 오늘 밤만이라도 여관에 가서 주무시라고 다정하게 썼다.

반다는 내 존재보다는 아이들의 문자에 더 큰 위안을 받은 듯했다. 시간이 갈수록 나 때문에 오히려 반다의 신경이 더 날카로워지는 것 같았다. 저녁식사를 마친 후 반다와 함께 침실을 정리하는데 갑자기 택시기사와 실랑이를 벌였던 일을 이야기했을 때 그녀가 내게 보인 반응이 떠올랐다. 난장판 속에서 반다가 우연히 내 물건을 발견하고 기분이 상하거나 화를 낼까봐 두려웠다. 최소한 침대에 몸을 눕

힐 수 있을 정도로 정리가 되자 나는 어서 침대에 누우라고 반다를 설득했다.

"당신은?"

"나는 거실 정리나 좀 할게."

"시끄럽게 하지 마."

나는 곧바로 수십 년 전 프라하에서 구입한 금속 재질의 무거운 큐브가 아직도 서재 책장 꼭대기에 있는지 확인하러 갔다. 저주파 자극기를 배달하러 왔던 젊은 여자가 예쁘다고 감탄했던 바로 그 물건 말이다. 높이와 폭이 20센티미터 정도 되는 파란 래커칠을 한 큐브였다. 반다는 처음부터 그 큐브를 싫어했지만 내게는 소중한 물건이었다. 이 집에 이사 온 후 오랜 실랑이 끝에 결국에는 큐브를 우리 부부가 그다지 좋아하지 않는 다른 장식품들과 함께 책장 맨위에 올려놓기로 했다. 나는 아래에서 잘 보이지 않게 큐브를 안쪽으로 깊숙이 밀어 넣었다. 표면적으로는 반다를 만족시키기 위해서였지만 실은 반다가 서서히 그 물건을 잊어버리게 만들기 위해서였다.

반다는 큐브 한쪽 면 가운데 부분을 세게 누르면 그 면

이 문처럼 열린다는 사실을 몰랐다. 그러니 내가 바로 그런 특징 때문에 큐브를 구입했다는 사실도 당연히 몰랐다. 나는 그 안에 내 비밀을 간직하고 싶었다. 나는 책장 밖으로 떨어질 듯 튀어나와 있기는 했지만 다행히도 큐브가 제자리에 있는 것을 확인했다.

8

나는 침실에서 거실로 통하는 문과 내 서재로 통하는 문을 조심스레 닫았다. 활짝 열어젖힌 서재와 거실 발코니에서 신선한 비의 내음과 바질 향이 실려 들어왔다. 반다는 잠들어 있었다. 태연한 척하며 그녀를 안심시킬 필요가 없어지자 불안감이 엄습해왔다. 최근 들어 나는 매사에 집착이 심해졌다. 걱정거리가 생기면 머릿속에서 거대하게 부풀어 올라 좀처럼 떨쳐내기 힘들었다. 이번에는 나에게 100유로를 빼앗아간 사내와 5유로짜리를 떼간 젊은 여자에 대해 걱정할 차례였다. 갑자기 그 둘이 짜고 침입 계획을 세웠거나 아니면 그보다 더 단순히 우리 집 주소를 도둑놈들에게 넘겼을지도 모른다는 생각이 들었다.

시간이 갈수록 그 가설이 그럴듯하게 느껴졌고 얼마 지나지 않아 나다르의 이야기에서 우리 집 초인종을 누른 한 쌍의 남녀는 그 사람들의 얼굴을 하고 있었다. 나는 그들이 처음 우리 집을 뒤져 얻어낸 결과에 만족하지 않고 자기들보다 더 수완이 좋은 사람들을 보내거나 아니면 본인들이 직접 다시 돌아올 것 같았다. 나는 잠자리에 들지 않고 그들이 올 때까지 서서 기다려야겠다고 생각했다.

그들을 기다린다고? 내가? 하지만 내게 그들에게 맞설 만한 힘과 결단력이 있을까?

얼마 전부터 세월의 무게가 확연히 느껴졌다. 계단 두 개를 하나로 착각해서 넘어질 뻔한 적도 있고 가끔은 청력이 나다르보다도 못했다. 긴급한 상황이나 위험한 상황에 직면했을 때 내 반사 신경을 믿을 수 없다는 사실도 깨달았다.

그뿐만이 아니었다. 약을 먹었거나 가스를 잠그거나 수도꼭지를 잠갔다고 생각했는데 생각만 했을 뿐 실제로는 그렇게 하지 않았을 때도 있었다. 기억조차 희미한 아득히 먼 옛날에 꾼 꿈을 실제 일어난 일로 착각할 때도 있었다. 글씨를 틀리게 읽는 일도 갈수록 빈번해졌다. 얼마 전에는 어떤 건물 문 앞에 붙여진 종이를 보고 경악하기도 했다. 종이에 대문자로 '법률 사무소 입구'라고 적혀 있었는데 내 눈에는 '범죄 사무소 입구'로 보였기 때문이다. 게다가 최근 며칠간의 경험에 비추어볼 때 내 방어 시스템이 무너지고 있다는 사실을 다른 사람들이 나보다 더 빨리 눈치채고 나를 이용하려 하는 것 같았다. 생각할수록 내가 꼴불견 같아서 혼자 중얼거렸다.

"정신 나간 노인네 같으니라고. 대충 정리를 마무리하고 어서 가서 잠이나 자!"

하지만 도무지 어디서부터 손을 대야 할지 판단이 서지 않았다. 나는 우선 서재와 거실을 살펴보고 어차피 버려야 할 물건을 모두 현관 쪽으로 옮겨놓기로 마음먹었다. 컴퓨터 두 대의 상태를 점검해보니 기적처럼 제대로 작동했다. 그런데 음악과 영상 관련 기기는 모조리 고장이 나 있었다. 나는 빗자루로 책, 깨진 화분 조각, 잡동사니 파편, 오래된 사진, 비디오테이프, 전축판, 셀 수 없이 많은 반다의 메모지, CD, DVD, 종이, 서류, 잡다한 장식품 등 도둑들이 다락방과 서랍과 선반에서 끄집어내 던져버린 물건들을 서재와 거실 가장자리로 밀어놓았다.

고된 작업이었다. 작업을 마친 후 나는 전보다 조금 깔끔해진 공간을 흡족하게 바라보았다. 그런 다음 서재에 있는 물건을 선별하기로 했다. 나는 끙 소리를 내뱉으면서 바닥에 자리를 잡고 파편은 파편대로, 책은 책대로, 종이는 종이대로 분류해 바닥에 쌓기 시작했다. 처음에는 피곤한 줄도 모르고 작업에 매진했다. 책 대부분이 두 개로 찢어지거나 표지가 떨어져 나가거나 너덜너덜해진 것을 보니 마음이 아팠다. 나는 어쩔 수 없다고 마음을 다잡고 상태가 양호한 책과 손상된 책들을 분류하기 시작했다.

책 정리를 하다 책장을 넘겨보기 시작했는데 그러지 않는 편이 좋았을 뻔했다. 나는 어느새 기억조차 희미한 먼 과거에 내가 밑줄을 그어놓았던 부분들을 일일이 읽고 있었다. 당시 왜 내가 몇몇 단어에 동그라미를 쳤었는지, 지금 다시 읽으니 아무런 의미가 없어 보이는 문단 옆에 무슨 생각으로 느낌표를 그려놓은 것인지 궁금해졌다.

그러는 새 내가 반다가 깨어나서 속상해하지 않도록 집 안 정리를 하던 중이었다는 사실을 잊고 말았다. 잠이 안 오고 날도 덥고 불안하고 도둑놈들이 돌아와 우리를 위협하고 침대에 묶어놓고 때릴까봐 두려워서 밖으로 나왔었다는 사실마저 까맣게 잊었다.

나는 책 속에 밑줄 그어진 문장에 마음을 빼앗겼다. 나는 밑줄 그어진 페이지를 통째로 다시 읽으면서 내가 몇 년도에 그 책을 읽었는지—1958년도? 1960년도? 아니면 1962년도였나?—그때가 결혼하기 전이었는지 아니면 결혼한 후였는지 기억을 더듬었다. 글을 쓴 작가들의 의식을 따라가려는 것은 아니었다. 대부분 이미 잊힌 작가들이었다. 오래된 글이었고 현대 문화계에서는 이미 통용되지 않는 개념들이었다. 그보다는 내 의식을 따라가보고 싶었다. 과거에 내가 올바르다고 생각했던 것이 무엇인지 알고 싶었다. 나의 신념과 사상과 자아가 형성되어가는 과정을 거슬러 올라가보고 싶었다.

한밤의 적막이 흘렀다. 당연한 말이지만 그토록 수많은 낙서와 느낌표 가운데 내 모습은 없었다. 지난날 인상적이었던 아름다운 문장의 말로는 무엇인가. 그 문장은 어떻게 우리를 일깨워주었다가 그 의미가 퇴색되고 변질되며 결국은 수치스럽고 우스꽝스러운 문장으로 전락하고 마는가. 나는 책들을 내버려 두고 크기가 들쑥날쑥한 종이와 독서 목록을 기입해둔 인덱스카드, 스무 살이 되기 전에 쓴 소설이며 이야기가 담긴 공책과 내 글이 실렸거나 다른 이들이 나에 대해 언급한 글이 실린 부분을 오려놓은 수많은 신문 스크랩 따위를 상자와 파일 안에 집어넣었다. 나는 라디오 방송을 녹음한 릴 테이프와 전성기 시절 텔레비전에 출연했을 때의 영상을 녹화한 비디오테이프와 DVD도 엄청난 양의 종이가 들어 있는 상자에 함께 집어넣었다. 이것들은 모두 반다가 내 일에 관심 없는 척하면서도 열심히 모아놓은 자료들이었다.

이렇게 해서 나는 짧다고 할 수 없는 지난 삶을 어떻게 살아왔는지 보여주는 물건들을 꽤나 많이 찾아냈다. 내가 그런 사람이었던가? 읽었던 책에 휘갈겨놓은 낙서와 종이에 빽빽하게 적어놓은 책 제목이며 인용문들이 정말 과거의 나인가? 내가 써놓은 글 중에는 이런 문장도 있었다.

'도시는 가축 사육장이다. 가족, 학교, 교회는 아이들의 도살장이다. 단과 대학과 종합 대학은 조리장調理場이다. 성인이 되어 결혼을 하고 사업을 하면 우리는 완성품을 먹는 것이다.'

또 이런 문장도 있었다.

'사랑의 출현은 인간의 삶에 긍정적으로 작용하는 모든 사회 체계의 전복을 의미한다.'

이 문장들은 진정 내 모습을 담고 있나?

스무 살 때 쓴 길고 지루한 소설도 있었다. 아버지에게 자기 몸무게만큼의 금을 지불해야만 아버지와 가족들에게서 벗어날 수 있는 청년이 밤낮으로 일하는 이야기였다. 이 글을 진정 나라고 할 수 있을까? 70년대 중반 화학 노조 단체 협약에 대해 쓴 논설도 있고 정당 형태에 대한 글과 제조라인에서 일하는 인부들의 노동에 관해 쓴 책에 대한 서평도 있었다. 은행과 우체국 앞의 교통 체증과 참을 수 없이 길게 늘어선 대기줄 같은 대도시에서의 일상에 대한 재미있는 일화를 모아놓은 신문 스크랩과 내게 어느 정도의 명성을 안겨주고 조금씩 성공한 방송작가의 길로 인도해준 냉소적인 비평문도 있었다. 이 모든 글 속에 내 모습이 담겨 있는 걸까?

여기저기에서 요청이 와서 하게 된 인터뷰 속 사려 깊은 답변 안에 드러난 모습이 내 진짜 모습인가? 8, 90년대 제작했던 프로그램에 대한 사람들의 비판이나 찬사 속에 내가 있다고 할 수 있을까? 한낮의 햇볕을 흉내 내는 조명 아래 가짜로 꾸며놓은 테라스 구석에서 움직이고 있는 저 육체가 정말 나인가? 정중하고 도도한 담화체로 말하고 있는 30년 전의 목소리는 내 목소리인가?

60년대부터 이른바 자아실현을 위해 악착같이 노력했던 기억이 떠올랐다. 이것이 그 결과인가? 지난 수십 년 동안 내가 직접 쓰거나 인쇄한 글이 적힌 이 수많은 종이 쪼가리를 자아실현의 증거라 할 수 있을까. 낙서 자국이며 보고서, 수많은 책의 페이지들과 신문, 플로피 디스크와 USB, 하드 디스크와 클라우드에 저장된 데이터들을 자아실현이라 부를 수 있을까. 인터넷 검색창에 알도 미노리를 타이핑하기만 하면 거실의 혼란이 구글 서버까지 확장되는 것을 두고 잠재력의 구현이자 자아실현이라고 할 수 있을까.

　나는 책을 읽지도 훑어보지도 않기로 마음을 다잡고 다시 물건 선별 작업에 몰두해 셀 수 없이 많은 반다의 메모지를 종이 상자에 넣었다. 노트에는 숫자가 빽빽이 적혀 있었다. 그것은 반다가 무려 1962년부터 오늘날에 이르기까지 우리 집 경제사를 꼼꼼하게 적어놓은 노트였다. 아내는 모눈종이에 수입과 지출을 꼼꼼하게 적어놓았다. 반다만 괜찮다면 이제는 버려도 될 것 같았다. 나는 버릴 책들은 방 한가운데 쌓아놓고 상태가 양호한 책들은 아직 멀쩡한 책장 선반에 대충 꽂아두었다. 테이블 위에는 신문 스크랩을 넣은 파일과 공책과 비디오테이프와 DVD로 가득 채운 상자들을 올려놓았다. 바닥에 흩어진 파편들을 쓸어모아 쓰레기봉투에 넣었는데 봉투 여기저기에 구멍이 나는 바람에 봉투를 이중으로 겹쳐서 써야 했다. 마지막으로는 사진을 주워 모았다. 까마득한 과거에 찍은 사진이 비교적 최근에 찍은 사진과 뒤죽박죽 섞여 있었다.

　나는 오랫동안 옛날 사진을 꺼내 보지 않았었다. 하나같이 못생기게 나온 데다 별 관심도 없었기 때문이다. 나는 이미 디지털 사진에 익숙해져 있었다. 우리 집 컴퓨터에는 산, 들판, 나비, 봉오리 상태이거나 막 꽃이 피어나려는 장미꽃, 바다, 도시, 유서 깊은 건축물, 그림, 조각 사진이 많았다. 뿐만 아니라 우리 부부는 친척들 사진과 전 며느리와 전 사위, 산드로와 안나의 새 애인들, 손주 녀석들의 성장 과정을 담은 사진에서부터 그 애들의 친구들 사진에 이르기까지 수많은 사진을 저장해놓았다. 이보다 더 세밀하게 우리의 삶을 기록할 수는 없을 것이다. 현재와 가까운 과거의 사진들이었다. 아득한 과거는 가만히 놔두는 편이 나았다.

정리를 하면서 나는 사진 속 내 모습은 되도록 쳐다보지 않았다. 늙은 모습도 싫었지만 젊었을 때도 나는 내 외모가 싫었다. 어린 시절 산드로와 안나의 사진을 보니 정말이지 예쁜 아이들이었다. 아이들의 사춘기 시절 애인들의 사진도 있었다. 괜찮은 아이들이었는데 얼마 못 가 우리 삶에서 사라져버렸다. 그동안 잊고 지냈던 내 친구들과 반다의 친구들 사진도 있었다. 한동안 친하게 지냈지만 나중에는 이름조차 잘 기억하지 못하게 되거나 친근한 이름 대신 적의를 담아 성으로 부르게 된 사람들이었다.

그러다 우리 집 뜰에서 찍은 사진 한 장에 시선이 멈췄다. 누가 찍어준 사진일까? 아마 산드로였을 것이다. 이 건물로 이사 온 지 얼마 안 됐을 때 찍은 사진이었다. 사진에는 우리 부부와 함께 나다르도 있었다. 내 계산에 따르면 나다르는 그때도 이미 예순이 넘은 나이였는데 지금에 비해 훨씬 젊어 보였다. 잠시 나다르를 바라보고 있자니 사람은 늙고 나서도 참 많이 변한다는 생각이 들었다. 사진 속에 있는 우리 집 이웃사촌은 큰 키에 호감 가는 인상이었고 머리카락도 조금 남아 있었다.

사진을 내려놓으려는 순간 나는 반다의 모습을 보고 깜짝 놀랐다. 잠깐이었지만 놀랍게도 나는 반다를 못 알아볼 뻔했다. 그때 반다는 몇 살이었을까? 쉰? 마흔다섯? 나는 반다의 다른 사진들, 특히 흑백으로 찍힌 사진을 찾아보았다. 보면 볼수록 반다가 처음 보는 사람처럼 느껴졌다. 나는 1960년에 반다를 처음 만났다. 내가 스무 살, 반다가 스물두 살이었을 때다. 그 시절의 기억은 거의 없다. 처음 봤을 때 나는 반다가 예쁘다고 생각했었나? 그 시절 나는 아름다움이란 천박한 것이라고 생각했다. 그러니 그저 반다가 마음에 들었다고만 해두자.

나는 반다가 우아한 여자라고 생각했고 적당한 선에서 그녀를 원했다. 반다는 매우 똑똑하고 사려 깊은 아가씨였다. 나는 그런 점 때문에 반다를 사랑하게 되었다. 그렇게 장점이 많은 여자가 내게 반했다는 사실이 놀라워 그녀를 사랑하게 되었다. 우리는 만난 지 겨우 2년 만에 결혼했고 반다는 놀랄 정도로 치밀한 조직력을 발휘하며 학업과 불안정한 직업과 가난과 금욕적인 저축으로 점철된 우리의 일상을 꾸려나갔다.

고된 삶의 흔적은 사진에서도 드러났다. 반다는 자기가 직접 바느질해서 만든 볼품없는 옷을 입고 있었고 상처투성이에 굽이 다 닳은 신발을 신고 있었다. 그녀는 화장기가 하나도 없는 눈을 크게 뜨고 있었다. 나는 반다의 젊음이 낯설게 느껴졌다. 그렇다. 젊음 때문에 반다가 모르는 사람처럼 보였던 것이다. 사진 속 반다는 빛나는 광채를 발산하고 있었다. 내게는 그런 반다에 대한 기억이 없다. 그 시절 아내의 모습이 정말 그랬다고 확언할 수 있게 섬광처럼 스쳐가는 기억조차 없다.

　나는 지금 침실에서 자고 있는 사람의 모습을 떠올렸다.
지난 50년간 내 아내였던 사람 말이다. 그 사람이 정말로
사진 속에 있는 사람과 같은 사람이라는 사실이 믿기지 않
았다. 어쩌다 이렇게 된 걸까. 나는 처음부터 반다를 주의
깊게 살펴보지 않았던 걸까. 지금까지 나도 모르는 새 그녀
에 대해 얼마나 많은 것을 놓쳐버린 걸까.

　나는 1960년부터 1974년 사이에 찍은 반다의 사진을 모
조리 찾아냈다. 1974년에서 멈춘 것은 그해가 우리에게 중
요했기 때문이다. 사진이 그리 많지는 않았다. 그 시절만
해도 사진을 자주 찍지는 않았으니까. 사진 속에는 마흔 전
까지 매력적이고 아름답다고까지 할 수 있는 여인의 모습
이 있었다.

　나는 전체적으로 불그스름한 톤의 컬러 사진을 한 장 살
펴보았다. 뒤에 연필로 1973년이라고 쓰여 있었다. 반다가
산드로와 안나를 데리고 함께 찍은 사진이었다. 산드로가
여덟 살이고 안나가 네 살이었을 때다. 아이들은 아주 행복
해 보였다. 둘 다 자기들처럼 행복해 보이는 엄마 곁에 꼭

달라붙어 있었다. 셋은 사진기 뒤에 있는 나를 즐거운 표정으로 바라보고 있었다. 아내와 아이들의 밝은 시선은 내 존재의 흔적이었다. 내가 그 순간 그들과 함께 있었다는 증거였다. 이제야 아내가 발산하는 삶에 대한 긍정적인 에너지와 그 덕분에 눈부시게 아름다운 아내의 모습이 제대로 보였다.

나는 서둘러 사진들을 철제 상자 두 개에 나누어 담았다. 무심함 때문에 지금껏 그 모든 것을 놓친 것이다. 그동안 반다에게 제대로 관심을 가졌던 적이 한 번이라도 있었던가. 하지만 이제 와서 그런 질문이 무슨 소용이 있단 말인가. 어차피 확인할 수 있는 것도 아니지 않은가. 침실에서 무거운 눈꺼풀 아래 쉬고 있는 반다의 녹색 눈동자만이 50년 전과 변함이 없었다.

나는 몸을 일으켜 시계를 바라봤다. 새벽 3시 10분이었다. 적막 속에 밤새 울음소리만 들렸다. 나는 창문을 닫고 셔터를 내린 다음 서재를 다시 살펴보았다. 아직 정리할 것이 많이 남았지만 아까보다는 나았다. 잠자리에 들려는데 미처 보지 못했던 커다란 꽃병 파편이 눈에 띄었다. 파편을 줍자 그 아래 노란색 봉투가 있었다. 고무줄로 묶어놓은 도톰한 봉투였다. 지난 수십 년 동안 한 번도 그 봉투 생각을 한 적이 없었는데도, 아마 다시는 봉투 생각을 하고 싶지 않아서 일부러 어딘가에 깊숙이 넣어두었던 것일 텐데도 나는 즉시 봉투를 알아보았다. 봉투에는 1974년부터 1978년까지 반다가 내게 보낸 편지들이 들어 있었다.

봉투를 보는 순간 짜증과 수치스러움과 고통이 나를 엄습했다. 처음에는 아내가 깨어나기 전에 봉투를 다시 숨길까 하고 생각해보았다. 아니면 폐지 사이에 끼워 넣고 지금 당장 쓰레기통에 버릴까 하는 생각도 해보았다. 편지 속에 담긴 고통은 너무나 강렬해서 편지가 봉투에서 해방되는 순간 서재를 지나 거실을 건너 닫힌 문 너머로 돌진해 다시 반다의 영혼을 지배하게 될 것이 틀림없었다. 편지는 아내를 흔들어 깨운 다음 그녀로 하여금 비명을 지르거나 목청이 터지도록 노래를 부르게 할 것이다. 그런데도 나는 봉투를 숨기지도, 쓰레기통에 내다 버리지도 않았다.

묵직한 무언가가 갑자기 어깨를 짓누르기라도 하듯 나는 다시 바닥에 자리를 잡았다. 고무줄을 풀고 거의 40년 만에 오래된 종이에 쓰인 글을 순서에 상관없이 눈이 가는 대로 몇 줄씩 띄엄띄엄 읽어내려가기 시작했다.

2장

1

'친애하는 신사 양반, 제가 누군지 잊어버리신 거라면 기억을 되살려드리지요. 저는 당신의 아내랍니다.'

그날 밤 가장 먼저 내 눈에 들어온 것은 바로 이 문장이었다. 글을 읽는 순간 다른 여자에게 반해 집을 나갔던 과거가 떠올랐다. 편지지 맨 위에는 '1974년 4월 30일'이라는 날짜가 쓰여 있었다. 까마득히 먼 과거였다. 4월의 따스한 어느 날 아침, 나폴리의 남루한 집에 살던 시절 나는 사랑에 빠졌다.

그때 '여보, 나 다른 사람을 사랑하게 됐어'라고 사실대로 말하는 편이 나았을 것이다. 하지만 나는 그보다 훨씬

더 잔인한 말을 했다. 게다가 지금 생각해보면 의사표현을
정확하게 하지 않았던 것 같다.

그날 아침에는 산만한 아이들이 코빼기도 보이지 않았
다. 산드로는 학교에 갔고 안나는 유치원에 있었기 때문이
다. 나는 반다에게 말했다.

"반다, 당신한테 고백할 게 있어. 나, 다른 여자와 관계를
가졌어."

반다는 멍한 표정으로 나를 바라봤다. 내가 내뱉은 말에
나 자신도 놀랐다. 나는 조그만 소리로 말했다.

"당신한테 숨길 수도 있었지만 진실을 말하는 편이 낫다
고 생각했어."

나는 덧붙였다.

"미안해. 어쩌다 보니 그렇게 됐어. 욕망을 억누르는 게
정말 비참했거든."

반다는 내게 욕설을 퍼부으며 울음을 터뜨렸다. 주먹을
야무지게 쥐고 내 가슴을 마구 때리다가, 미안하다고 했다
가, 다시 화를 냈다. 물론 반다가 이 일을 잘 받아들일 거라
고 생각하지는 않았지만 반다의 공격적인 반응에 깜짝 놀

랐다. 반다는 성격이 좋고 이성적인 여자였다. 그렇기 때문에 나는 그녀가 쉽게 흥분을 가라앉히지 못할 거라는 사실을 받아들이기 힘들었다.

반다에게는 결혼이라는 제도 자체가 위기에 처했다는 사실 따위는 중요하지 않았다. 가족이라는 제도가 소멸을 앞두고 있다는 사실 따위는 중요하지 않았다. 정절이란 소시민 계급이 만들어낸 가치일 뿐이라는 사실 따위는 중요하지 않았다. 반다는 우리의 결혼이 이 모든 사회 현상의 기적적인 예외로 남기를 바랐다. 우리 가족이 항상 건강하기를 바랐다. 우리 부부가 영원히 상대방에게 충실하기를 바랐다. 그러니 반다가 이렇게 절망하는 것도 당연했다. 반다는 누구와 바람을 피웠는지 지금 당장 털어놓으라고 했다. 그녀는 내게 배신자라고 소리를 지르고는 수치심을 견디지 못하고 울음을 터뜨렸다.

그날 저녁 나는 어휘 선택에 세심한 주의를 기울이면서 내가 반다를 배신한 것이 아니라는 사실을, 여전히 그녀를 존중한다는 사실을, 진정한 배신이란 자기 자신의 본능과 욕구와 육체와 자기 스스로를 배신하는 것이라는 사실을 설명했다.

반다는 내게 헛소리는 집어치우라고 꽥 소리를 질렀다
가 행여나 아이들이 깰까봐 급히 목소리를 낮췄다. 우리는
목소리를 죽여가며 밤새 싸웠다. 반다는 소리 없는 고통으
로 눈이 커다래지고 얼굴 윤곽이 일그러졌다. 그런 반다의
모습은 악을 쓸 때보다 나를 더 두렵게 했다. 반다의 고통
이 나를 두렵게 했지만 내 마음을 움직이지는 못했다. 반다
의 고통은 내 것인 양 내 가슴속을 파고들지는 못했다.

그 당시 나는 술에 취한 사람 같았다. 취기가 방화복처
럼 내 몸을 감싸고 있었다. 나는 한 발짝 물러나 잠시 기다
렸다 말을 이었다. 반다에게 나를 좀 이해해달라고 했다.
우리 둘 다 생각할 시간이 필요하다고 했다. 지금은 내가
몹시 혼란스러운 상태이니 당신이 나를 도와주었으면 한
다고 한 뒤 그길로 집을 떠나 며칠 동안 돌아가지 않았다.

2

그때 내가 무슨 생각을 하고 있었는지는 기억이 잘 나

지 않는다. 아마 나 스스로도 생각을 제대로 정리하지 못했던 것 같기도 하다. 나는 절대 반다를 싫어하지 않았다. 그녀를 원망하는 마음도 없었다. 나는 그녀를 좋아했다. 그녀와의 결혼을 결심했을 때 학업을 마치지 않고 직장도 없이 어린 나이에 결혼한다는 생각은 내 모험심을 기분 좋게 자극했다. 결혼을 함으로써 드디어 아버지의 권위에서 벗어나 내 삶의 주인이 되는 것 같았다. 물론 위험 요소도 있었다. 수입원은 빈약했고 가끔은 덜컥 겁이 나기도 했다.

하지만 신혼 초는 즐거웠다. 기존의 관습에 맞서 싸우는 신세대 부부가 된 것 같았다. 그렇지만 모험심은 서서히 아이들의 필요를 채워주는 것이 전부인 평범한 일상으로 변했다. 무엇보다 내가 남편이자 아버지의 역할을 수행하고 있는 사회 환경이 급격하게 변했다. 모든 것이 쇠퇴하고 있는 것 같았다. 나는 미래에 대한 보장이 없는 상태에서 대학에서 일하기 시작했다. 그 당시에는 모든 기관에 페스트가 퍼진 것 같았는데 그중에서 대학이 가장 심각했다.

시대가 변해서 결혼을 하고 젊은 나이에 가정을 꾸린다는 것은 더 이상 독립적인 개체가 되었다는 것을 의미하지 않게 되었다. 시대에 뒤처져 있다는 사실에 대한 방증일 뿐이었다. 서른 살도 채 되지 않았는데 벌써 늙은이가 된 것 같았다. 나는 원치 않게 내가 속한 정치적·문화적 환경 속에서 이미 구시대적인 것으로 간주되는 세계에 속하게 되고 그에 걸맞은 삶의 방식대로 살고 있는 것 같았다. 그러다 보니 아내와 두 아이와의 관계가 끈끈했는데도 의도적으로 전통적인 관계와의 단절을 추구하는 삶의 방식에 매력을 느끼게 되었다.

한번은 약지가 두꺼워졌다는 핑계로 결혼반지를 빼버렸다. 반다는 속상해하면서 내가 다른 결혼반지라도 끼기를 바랐지만 나는 아무런 행동도 하지 않았다. 반다는 꿋꿋이 결혼반지를 끼고 다녔다.

나와 리디아의 관계는 그런 사회적 분위기에 힘입어 고무되고 발전했을 것이다. 리디아는 당시 인기가 많았던 상경계열 신입생이었고 나는 미래가 불투명한 그리스어 문법 조교였다. 그때는 아내와 아이들에게 몹쓸 짓을 하지 않기 위해 리디아를 포기해야 한다는 생각이 시대착오적으로 느껴졌다. 그렇다고 바람피우는 사람들이 으레 그렇듯

몰래 만나는 것도 당시 사회적 이념에 반하는 것처럼 느껴졌다. 리디아는 스무 살도 안 됐는데 벌써 직업이 있었고 향긋한 냄새가 나는 예쁜 거리에 자기 집도 있었다. 나는 틈만 나면 그녀의 집으로 달려가 초인종을 누르고 그녀와 함께 산책을 하고 영화나 연극을 함께 보고 싶었다. 그 욕구가 너무나 절박해져서 나는 얼마 지나지 않아 반다에게 내 비밀을 털어놓고 말았다.

그때까지만 해도 내 욕망이 그렇게 깊게 뿌리를 내릴 거라고는 생각하지 않았다. 시간이 지날수록 리디아를 더 간절히 원하게 될 거라고는 생각하지 않았다. 오히려 얼마 지나지 않아 그녀에게 이끌리는 마음이 사그라들 거라고 거의 확신했다. 아니면 리디아가 먼저 나를 만나기 몇 달 전까지 가끔 만나던 청년에게 돌아가거나 결혼도 하지 않고 자식도 딸리지 않은 자기 나이 또래의 다른 남자를 만날 거라고 생각했다. 그러니 반다에게 리디아와의 관계를 털어놓은 것은 단순히 리디아를 더 편하게 만나고 싶어서였다. 내 감정이 완전히 소모될 때까지만이라도 핑계를 대지 않고 리디아를 만나고 싶어서이기도 했다. 처음 반다와 싸우고 집을 떠났을 때만 해도 다시 집으로 돌아가게 될 것을 추호도 의심하지 않았다. 나는 이렇게 생각했다.

'이 휴식기는 아내와의 관계를 재정립하기 위해서 필요하기도 해. 기존의 단순 동거 이상의 관계로 발전할 수 있는 기회야.'

아마도 그런 이유로 나는 아내에게 '다른 여자와 사랑에 빠졌어'라고 말하지 않고 '다른 여자와 관계를 가졌어'라고 말했던 것 같다.

그 시절에는 사랑에 빠졌다는 표현을 꼴불견이라고 생각했다. 1800년대에나 유행했을 법한 구시대의 유물처럼 느껴졌다. 또한 그 표현은 상대방에게 집착하게 만드는 위험한 감정으로 행여라도 그런 감정이 생길 기미가 보이면 상대방을 불안하게 만들지 않기 위해서 없애버려야 할 것 같았다. 그에 비해 다른 사람과 관계를 가졌다는 표현은 혼인 여부에 상관없이 합법적인 뉘앙스를 풍겼다.

'나 과거에 다른 여자와 관계를 가진 적이 있어' '나 다른 여자와 관계 중이었어' '나 다른 여자와 관계를 가졌어'라는 문장들은 죄책감이 아니라 해방감을 표출하고 있다.

물론 아내 입장에서는 가혹한 말이라는 것을 나도 잘 알고 있었다. 반다도 나처럼 처음 사랑에 빠진 사람과 평생을 함께해야 한다는 생각이 보편적이었던 환경에서 자라지 않았던가. 그런 반다에게는 현실이 더욱 가혹했을 것이다.

그렇지만 나는 반다가 이런 일이 일어날 수 있으며 실제로 일어났다는 사실을 받아들여야 한다고 생각했다. 내가 가족의 품으로 다시 돌아온다 할지라도 다음번에 또 이런 일이 일어날 수 있다는 사실을 받아들여야 한다고 생각했다. 나는 내 나름대로 이렇게 상황을 정리하고 반다가 내 상황을 이해해주기를 바랐다. 그녀가 새로운 시대에 적응하고 더는 난리를 피우지 않기를 간절히 바라며 리디아와 행복한 시간을 보냈다.

그리고 시간이 흐를수록 행복감은 커져만 갔다.

나중에야 나는 리디아와의 관계가 성적인 관계 이상이었음을 깨달았다. 간통이라는 개념에 반기를 들기 위한 상징적인 행동 또한 아니었다. 우리는 섹스를 즐기는 친구 사이가 아니었다. 당시 사회 근간을 바꾸려던 일련의 과시적인 해방 행위의 일환도 아니었다.

나는 리디아를 사랑했다. 나는 그녀를 가장 고리타분한 방식으로, 그러니까 절대적으로 사랑했다. 리디아와 떨어진다는 상상만 해도, 아내와 아이들 곁으로 돌아가야 한다는 생각만 해도, 리디아를 다른 남자 품으로 보낸다는 생각만 해도 죽을 것 같았다.

3

속 시원하게는 아닐망정 그래도 1년 후에는 리디아에 대한 그런 내 감정을 스스로 인정했다. 하지만 반다에게는 끝내 내 감정을 고백할 용기를 내지 못했고 그렇기 때문에 나는 아내의 고통에 더 큰 책임이 있었다. 처음에 반다는 내가 다른 여자와 관계를 가졌다는 사실을 끔찍하게 여겼다. 하지만 어느 정도 충격이 가라앉은 후에는 내가 여자 경험이 없어서 성적 호기심 때문에 일시적으로 마음을 빼앗긴 거라는 식으로 상황을 받아들이려 했다. 반다는 며칠만 지나면 내 감정도 열이 내리듯 수그러들 거라고 생각하고 대화와 글로 나를 치료해주려 했다.

반다는 넋이 나간 것 같았다. 반다는 잘 알지도 못하는 여자 때문에 자기가 후순위로 밀려났다는 사실을 믿지 못했다. 삶에서 언제나 나를 최우선 순위에 놓았던 그녀였는데 말이다. 그녀야말로 지난 수년간 나와 함께 잠자리에 들고 내게 두 아이를 낳아주고 내게 필요한 모든 일을 완벽하게 해내지 않았던가. 그런 그녀가 자기처럼 헌신적으로 나를 돌보지 못할 것이 뻔한 잘 알지도 못하는 여자에게 밀려났다는 사실을 믿지 못했다.

반다는 나와 만날 때마다—우리는 대개 내가 한참 동안 집을 비웠다 돌아온 후에 마주 앉았다—침착하고 명확한 태도로 그동안 생각해두었던 모든 문제점을 하나하나 짚어내기 시작했다. 부엌 식탁에 자리를 잡고 내가 사라졌기 때문에 일어난 현실적인 문제들과 아이들에게 내가 필요하다는 이야기와 자신이 혼란스러운 이유 등을 늘어놓았다. 평소에는 정중한 말투를 유지했지만 어느 날 아침에는 감정이 폭발하고 말았다.

"내가 뭐 잘못한 거라도 있어?"

반다가 물었다.

"절대 아니야."

"그럼 대체 뭐가 문제야?"

"아무것도. 시기적으로 복잡한 것뿐이야."

"복잡하게 느껴지는 건 당신이 나를 제대로 안 보니까 그런 거야."

"그렇지 않아."

"아니. 당신 눈에는 내가 가스레인지 앞에서 억척스럽게 일하는 여자로만 보이지. 집 안을 청소하고 아이를 돌보는 여자로만 보이잖아. 하지만 나는 그런 여자가 아니야. 나는 사람이라고. 사람이야, 사람! 나도 사람이라고!"

반다는 악을 쓰기 시작하더니 좀처럼 안정을 되찾지 못했다. 그 후 몇 시간이 참으로 더디고 힘겹게 흘렀다. 그 시절 반다는 내게 자신이 10년 전 상태 그대로 멈춰 있지 않다는 사실을 증명하려 했다. 그동안 자기도 성숙했으며 과거와는 다른 새로운 여자라는 사실을 알리려 했다. 반다는 낙담한 마음을 감추기 위해 손을 쥐어짜면서 말했다.

"어떻게 모두 다 아는 사실을 당신만 모를 수 있어?"

내가 뭐라 말을 해야 할지 몰라 아픈 가족사를 떠벌리

거나 사람은 자유로워야 한다는 말을 늘어놓으며 논점에서 멀어지면 반다는 내 수준에 맞춰서 상냥함을 가장한 태도로 자기도 내가 읽는 책 내용을 잘 알고 있고 자기도 자유로워지기 위해 노력했다고 말했다. 그러면서 우리가 그런 노력을 함께할 수도 있었다고 했다. 함께했어야 한다고 했다.

나는 반다가 괴로워하는 모습을 보지 않고 내 앞에서 벌어지는 그 비통한 광경으로 인한 불안감에서 벗어나고 싶었다. 그것이 가능한 도피처에서 보낼 수 있는 유예 기간을 지키기 위해서라도 그 집에서 빨리 나가고 싶었다. 그런데 언젠가부터는 그런 내 심정이 표정에 드러나기 시작했던 것 같다. 그러자 반다는 그때까지의 친절한 태도를 내다버렸고 우리의 만남은 다른 양상으로 흘러가기 시작했다. 반다는 비아냥거리고 악을 쓰기 시작하더니 급기야는 울음을 터뜨리고 내게 욕설을 퍼붓기에 이르렀다. 한번은 갑자기 소리를 질렀다.

"내가 지겨워? 지겨우면 말해."

"아니야."

"그런데 왜 자꾸 시계를 쳐다봐? 급한 일이라도 있어? 기차를 놓칠까봐 그러는 거야?"

"차 타고 왔어."

"그 여자 차?"

"그래."

"그 여자가 당신을 기다리고 있는 거야? 그래, 오늘 저녁 에는 뭘 할 생각이야? 레스토랑에서 저녁식사라도 할 셈 이야?"

반다는 웃을 일이 없는데도 웃기 시작했다. 그러더니 침 실로 들어가 목이 터져라 옛 동요를 불렀다.

물론 반다는 그러다가도 어느 정도 시간이 흐르면 정신 을 차리기는 했다. 언제나 그랬다. 하지만 반다가 그럴 때 마다 나는 그녀가 가지고 있던 무엇인가를 잃어버리는 것 같다고 느꼈다. 그것들은 과거에 내가 반다에게 이끌렸던 그녀의 특성들이었다. 지금껏 반다는 한 번도 그런 태도를 보인 적이 없었다. 그녀는 나 때문에 망가져 가고 있었다. 하지만 반다가 망가지면 망가질수록 나는 그녀에게서 멀 어져도 된다고 허락받은 것처럼 느껴졌다.

'이 정도 자유를 누리는 것이 왜 이리도 힘든 걸까? 이탈리아는 왜 이렇게 뒤처진 걸까? 왜 선진국에서는 무슨 일이 일어나도 난리법석을 떨지 않는 걸까?'

한번은 이런 일도 있었다. 어느 무더운 날 오후 내가 집을 나서려 하자 반다가 냉큼 달려와 문을 열쇠로 잠가버렸다. 반다는 산드로와 안나를 불러놓고 말했다.

"너희 아빠가 자기가 죄수가 된 것 같다고 하니 우리 정말로 아빠랑 죄수 놀이를 해보자꾸나."

아이들도 나도 재미있는 척했지만 반다는 아니었다. 그녀는 낮은 목소리로 뇌까렸다.

"봐, 이제 당신은 이 집에서 못 빠져나가."

그러더니 갑자기 내게 열쇠뭉치를 내던지고 욕실로 들어가 문을 잠가버렸다. 나는 감히 떠날 생각을 하지 못하고 산드로에게 가서 엄마를 데려오라고 했다.

"장난이었어."

잠시 후 내 앞에 다시 모습을 드러낸 반다가 말했다. 하지만 장난이 아니었다. 그녀는 지쳐 있었다. 잠도 제대로 못 자고 어떻게 해야 내가 제정신으로 돌아올지에 대해서

만 생각했다. 아무리 애써도 내가 정신을 못 차리자 감성에 호소하기도 하고 화를 돋우기도 하고 애원하기도 하고 겁을 주기도 했다.

"이런 식으로 나를 붙잡아두려 하지 마."

나는 반다에게 이렇게 말하곤 했다. 그러면 반다는 화를 내며 말하곤 했다.

"누가 붙잡는다고 그래? 꺼져버려."

그러고는 2분도 채 지나지 않아 내게 속삭였다.

"기다려, 거기 좀 앉아봐. 당신의 광기는 나까지 미치게 만들어."

반다가 분노하고 지쳐갔던 이유는 내가 왜 그런 짓을 저질렀는지 끝내 설명해주지 않았기 때문이다. 반다는 "대체 왜 그런 거야?"라고 내게 직접 묻기도 하고 편지를 쓰기도 했다. 하지만 나는 반다에게 뭐라 말해야 할지 몰랐다. 그래서 비비 꼬아 돌려 말하거나 그냥 잘 모르겠다고 했다. 물론 거짓말이었다. 나는 이미 그 이유를 너무나 잘 알고 있었고 그것은 시간이 갈수록 더 명확해졌다.

리디아와 함께하는 시간은 너무나 즐겁고 편안해서 아

무리 그녀와 오랜 시간을 보내도 충분하지 않았다. 리디아와 함께 있으면 기운이 났다. 그래서 글도 쓰고 책도 출판하고 나 자신이 더 좋아졌다. 어린 시절부터 불과 얼마 전까지 마음속에 품고 있던 황무지가 리디아라는 명랑하고 세련된 젊은 여성 덕분에 갑자기 비옥해진 느낌이었다. 처음 리디아와 함께 지낸 그해 4월은 황홀했다. 그해 봄 나는 리디아와 함께 잠들고 리디아와 함께 식사를 하고 리디아와 함께 산책을 하고 리디아와 함께 여행을 떠났다. 나는 리디아가 봄옷을 입고 벗는 모습을 홀린 듯 바라보곤 했다. 나는 생각했다.

'5월이 지나면 집에 돌아가야지.'

하지만 막상 봄의 달력이 마지막 날에 다다르자 죽을 것 같았다. 그래서 나는 여름까지만 기다리기로 했다. 리디아와 함께 여름을 보내고 싶었다. 그러다 여름도 다 갔지만 리디아 없이 가을을 지낼 생각을 하니 견딜 수 없었다. 그렇게 가을이 가고 겨울이 갔다. 아내와 아이들을 지속적으로 만나면서도 그해 내 마음속에는 온통 리디아 생각뿐이었다. 봄의 리디아와 여름의 리디아, 가을의 리디아와 겨울의 리디아 생각뿐이었다. 나는 오직 리디아와 시간을 보내기를 간절히 원했다. 아내와 아이들과 함께하는 시간이 두려워 이런저런 핑계를 대며 식구들과 보내는 시간을 최소화했다. 반다와 아이들과 함께 있을 때면 나 자신을 보호하기 위해 거짓말을 했다. 내게 갑자기 찾아온 이 놀랍도록 행복하고 편안한 느낌을 잃지 않기 위해서는 거짓말을 해야만 했다.

하지만 나는 그럴 때마다 수치심을 느꼈다. 속마음을 털어놓지 못하는 내 비겁함과 아내의 절망과 아이들의 방황이라는 감당하기 힘든 진실 때문이었다. 내가 왜 이렇게 내 감정대로 행동하는지 진짜 이유를 말하려면 리디아와 함께 있을 때 내가 얼마나 행복한지를 들려줄 수밖에 없었다. 과연 뭐가 더 잔인한 걸까. 사실 반다는 전혀 다른 대답을 원했다. 반다를 절망에서 구해내려면 나는 이렇게 말해야 했다.

"여보, 그동안 내가 실수했어. 우리 다시 합치자."

나는 막다른 골목에 서 있는 것 같았다.

4

그해에도, 그다음 해에도 우리 상황에는 변함이 없었다. 그동안 반다는 종잇장처럼 말랐고 생기가 사라졌으며 갈수록 자제력을 잃었다. 마치 허공에 매달려 있는 사람 같았다. 극심한 공포로 얼마 남지 않은 기운마저 잃어갔다.

처음에 나는 지금의 끔찍한 상황이 반다와 나만의 문제라고 생각했다. 산드로와 안나는 상관없다고 생각했다. 이제야 마음의 눈으로 어린 시절 두 아이의 모습을 돌이켜보니 아이들의 모습이 희미해 보였다. 그렇게 오랜 세월이 지났는데도 나와 반다가 부엌에서 언쟁을 벌이고 싸우던 모습은 또렷한데 아이들의 모습은 그렇지 못했다. 산드로와 안나는 내 기억 속에 아예 존재하지 않거나 아니면 자기들끼리 놀거나 텔레비전을 보며 항상 다른 일을 하고 있었다. 아이들이 있는 곳에는 우리 부부를 잠식한 위기감과 불안감이 없었다. 아이들은 그 일과 상관이 없었다.

그러던 어느 날 모든 것이 변했다. 한번은 반다가 나와 싸우다가 아이들을 돌볼 생각이 있는지 아니면 자기한테 그랬듯이 아이들도 버릴 생각인지 대답하라며 고함을 질렀다. 나는 순간 말문이 막혔다.

당연히 아이들을 돌볼 생각이 있다고 말하자 반다는 알겠다고 하고는 더는 그 문제에 대해서 왈가왈부하지 않았다.

그러다 시간이 흘러도 여전히 내 긴 부재와 짧은 귀환이 반복되자 반다는 자기는 책임지지 않더라도 아이들은 책임져야 하지 않겠냐고 했다. 그녀는 내게 앞으로 아이들에게 어떻게 아버지 노릇을 할 생각이냐고 물었다.

사실 나는 한 번도 그런 생각을 해본 적이 없었다. 모든 일이 엉망이 되기 전까지만 해도 아이들은 내 삶의 일부였다. 아이들은 어느 날 갑자기 태어났고 내 삶의 일부가 되었다. 나는 시간이 날 때마다 아이들과 함께 놀아주고 산책을 데리고 나가고 아이들을 위해 동화를 지어주고 아이들에게 칭찬을 해주고 야단도 쳤다. 하지만 평소에 아이들과 놀아주든, 적당히 엄격한 척하면서 야단을 치든 내 임무를 할 만큼 했다는 생각이 들면 나는 방문을 닫고 들어가 연구에 전념했다.

집안일을 하면서 온갖 기발한 방법으로 아이들을 즐겁게 해주는 사람은 반다였다. 당시에는 그런 내 태도가 잘못됐다는 생각을 단 한 번도 하지 않았고 반다도 불평한 적이 없었다. 모든 것에 대한 탈제도화 바람이 불었을 때조차 말이다. 탈제도화라니 얼마나 끔찍한 단어인가.

우리는 둘 다 특정한 방식으로 살아가는 것이 순리라고 믿으며 성장했다. 우리의 혼인 관계가 죽음이 우리를 갈라놓을 때까지 유지되는 것도 순리였다. 아내가 집안일 외에 다른 일을 하지 않는 것도 순리였다. 이른바 혁명 전야라 불리는 요즘에도 어머니가 아이들을 돌보지 않는다는 것은 상상조차 할 수 없다. 그런데 반다는 그때 내게 바로 그 문제를 제기하면서 어떻게 할 생각인지 물었던 것이다. 그때도 나는 뭐라고 대답해야 할지 몰랐다. 당시 우리는 시청 광장을 걷고 있었는데 반다가 갑자기 걸음을 멈추더니 내 눈을 똑바로 바라보면서 물었다.

"당신 앞으로 계속 아버지 노릇을 하고 싶어?"

"응."

"어떻게? 잊어버릴 만하면 나타나서 상처만 더 헤집어

놓고서는 또다시 몇 달 동안 사라지려고? 당신은 아이들이 보고 싶을 때 불러냈다 사라지게 할 수 있는 주문형 물건인 줄 알아?"

"주말마다 아이들을 보러 올게."

"그러셔? 아이들을 보러 오시겠다! 그럼 나보고 아이들을 맡으라는 거네?"

나는 혼란스러워서 조그맣게 말했다.

"뭐, 가끔 내가 잠깐 데리고 있을 수도 있지."

"데리고 있을 수도 있다고? 데리고 있을 수도 있어?"

반다가 악을 써댔다.

"나는 밤낮으로 아이들을 돌봐야 하는데 당신은 데리고 있을 수도 있다고? 아이들도 나처럼 망가뜨려 놓을 셈이야? 아이들에게는 부모가 필요할 때도 있는 게 아니라 항상 필요한 거야."

반다는 시청에서 얼마 떨어지지 않은 곳에 나를 남겨두고 도망가버렸다. 그 일이 있은 후 나는 억지로라도 주말마다 나폴리에 갔다. 로마를 떠나 지난 12년 동안 살던 집으로 간 것이다. 내 유일한 계획은 반다와의 싸움을 피하는 것이었다. 나는 아내와 말다툼하는 것을 견딜 수 없었다. 반다는 반다대로 힘들어서 몸을 덜덜 떨었다. 그녀는 막다른 골목에 몰린 사람 같은 눈을 하고 떨리는 손으로 줄담배를 피웠다. 나는 반다를 피해 아이들을 데리고 방에 들어가 문을 닫아버렸다. 하지만 얼마 지나지 않아 그마저도 못할 짓이라는 것을 깨달았다. 집은 내가 떠나기 전에 비해 변한 것이 없었지만 나도 아이들도 예전처럼 자연스럽게 시간을 함께 보내기가 힘들었다.

모든 것이 어색했다. 나는 아이들과 행복한 시간을 보내는 것이 의무처럼 느껴져서 힘들었고 그것은 아이들도 마찬가지였다. 산드로와 안나는 예전 같지 않았다. 아이들은 불안한 눈초리로 나를 쳐다보면서 엄마 아빠의 일거수일투족에 신경을 썼다. 아이들은 실수를 하거나 나를 화나게 해서 아빠를 영원히 잃게 될까봐 두려워했다. 그러니 아무리 노력해도, 그 어떠한 방법으로도 우리는 평범한 아빠와 아이들처럼 자연스러울 수 없었다.

내가 아이들과 함께 있을 때 반다는 다른 방에 있었지만 나와 아이들은 단 한순간도 반다의 존재를 잊은 적이 없었다. 반다는 우리와 너무나 강하게 연결되어 있어서 그녀에게서 떨어져 나오려고 아무리 애를 써도 소용이 없었다. 물론 반다는 나와 아이들 사이에 끼어들지 않고 한참 동안 우리를 내버려 두었다.

하지만 방에 있으면 반다가 분주히 움직이는 소리나 신경질적으로 노래를 흥얼거리는 소리가 다 들렸다. 애당초 그녀를 무시하고 우리 셋만 함께 있는 법을 익혀야만 했다. 기존의 4부 합창단을 해체하고 3부 합창단을 구성해야 했다. 하지만 우리는 그렇게 하지 못했다. 반다의 존재는 위협적이었다. 물론 반다가 우리를 해칠까봐 두려웠던 것은 아니었다. 우리는 오히려 반다가 고통스러워할까봐 두려웠다. 우리는 반다가 우리의 말 한마디, 미세한 움직임 하나 놓치지 않고 있다는 것을 알고 있었다. 의자나 테이블 끄는 소리에도 괴로워한다는 것을 알고 있었다.

사정이 이렇다보니 집에 머무르는 시간은 한없이 느리게 흘러갔다. 영영 밤이 오지 않을 것 같았다. 어느 정도 시간이 지나면 이제는 뭘 해야 할지 몰라 딴생각에 빠졌다. 그럴 때면 나는 리디아 생각을 했다. 토요일이니 아마 그녀는 친구들이나 아니면 내가 모르는 누군가와 영화관에 갈 것이다. 나는 리디아가 외출하기 전에, 공허한 발신음 소리에 버림받았다는 느낌을 받기 전에 반다에게 큰 소리로 담배 사러 간다는 핑계를 대고 전화를 걸기 위해 공중전화를 찾을 궁리를 했다.

반다는 내가 그런 딴생각에 빠질 때마다 귀신같이 알아차렸다. 그녀는 내가 아이들과 함께 놀고 있는 방에 불쑥 들어와서 내 표정을 읽고 내가 아이들과 함께 있는 것을 힘겨워한다는 것을 눈치챘다. 나는 원래부터 아이들과 많은 시간을 보내지 않았다. 시간을 보낸다 해도 지금처럼 오랫동안은 아니었다. 그러다보니 아이들과 있는 것이 일종의 시험처럼 느껴졌다. 아이들의 엄마이자 내 아내인 반다가 아버지로서의 내 능력을 시험하고 점수를 매기는 것 같았다.

반다는 가끔 참지 못하고 내게 물었다.

"좋은 시간 보내고 있어?"

"그럼."

"같이 안 놀아?"

"같이 놀고 있잖아."

"뭐하고 놀고 있는데?"

"카드놀이를 하고 있어."

"얘들아, 아빠 기분 상하지 않게 무조건 져드리렴."

반다는 매사에 불만이었다. 텔레비전을 켠다고 화를 내고, 아이들과 난폭한 놀이를 한다고 나를 비난하고, 아이들을 너무 흥분시켜서 잠도 제대로 못 자게 만들어놓는다며 비아냥댔다. 둘 다 신경이 너무 곤두선 나머지 결국 산드로와 안나가 보는 앞에서 싸우고 말았다. 반다는 아이들 앞이라고 조심하지 않았다. 그녀는 이제 아이들도 현실을 제대로 알고 판단해야 한다고 생각했다.

"목소리 좀 낮춰."

"왜? 당신이 어떤 인간인지 아이들이 알게 될까봐 두려워?"

"그렇지 않아."

"아이들한테도 나한테 한 것과 똑같은 짓을 하려고? 당신이 아이들을 좋아한다고 믿게 하려는 거야? 사실이 아니면서?"

"나는 당신을 언제나 좋아했어. 지금도 그렇고."

"거짓말하지 마. 도저히 못 참아주겠으니 그만둬. 아이들 앞에서만은 그러지 마. 그딴 거짓말이나 하려면 지금 당장 꺼져버려."

얼마 지나지 않아 산드로와 안나는 내가 올 때마다 엄마가 고통스러워한다는 것을 깨달았다. 그러다 보니 처음에는 순수하게 아빠가 보고 싶다는 마음으로 나를 기다리고 내가 떠나지 않기를 바랐던 아이들이 한바탕 폭풍이 몰아치기 전에 내가 한시라도 빨리 떠나주기를 바라면서 자기들끼리 노느라 정신없는 척하거나 텔레비전을 보는 척하게 됐다. 나부터도 가능한 한 집에 잠시 동안만 머무르려 했고 반다가 이성을 잃으려는 낌새가 보이는 순간 바로 내뺄 생각만 했다.

한번은 아이들에게 선물을 사다준 적이 있다. 산드로에게는 스웨터를, 안나에게는 목걸이를 사다줬다. 반다는 안나가 좋아하는 모습을 보고 말했다.

"이 목걸이 당신이 산 거야?"

"내가 아니면 누가 샀겠어?"

"리디아가 샀겠지."

"말도 안 되는 소리."

"얼굴이 빨개지는 걸 보니 정말 그랬나 보네."

"아니야."

"자식들 선물 하나 혼자서 못 사? 다시는 그년이 준 물건은 가져오지 마."

실제로 그 선물은 리디아가 골라준 것이었다. 하지만 중요한 것은 그게 아니었다. 반다가 그렇게 난리를 피우는 목적은 다른 데 있었다. 반다는 그 누구보다도 자기 자신에게 그녀 없이는 내가 아버지 노릇을 제대로 하지 못한다는 사실을 증명하고 싶었던 것이다. 재결합하지 않으면 우리 삶도 끝이라는 사실을, 그러니까 내가 바람을 피웠다는 사실을 고백하기 전에 영유해왔던 삶의 방식으로 돌아가는 것이 불가능하다는 사실을 보여주고 싶었던 것이다.

얼마 지나지 않아 이런 내 생각은 더욱 확고해졌다. 매주 주말 집에 갈 때마다 몸단장을 깔끔하게 하고 머리를 단정하게 빗어 넘긴 산드로와 안나가 나를 처음 보는 손님처럼 맞이하고 처음에 다정했던 분위기가 과도한 긴장감 때문에 변하는 것을 느끼면서 나는 이 모든 상황이 무의미한 정도를 넘어 위험하다고 느꼈다. 내가 집을 찾는 공식적인 이유는 아이들이 아버지의 빈자리를 느끼지 않도록 하기 위해서였지만 그렇다고 확정적인 것은 아니었기 때문에 결과적으로는 문제가 많았다. 반다는 내가 뭘 하든 못마땅해 했다. 그녀는 조목조목 예를 들어가면서 내가 우리 아이들이 던지는 침묵의 질문에 제대로 대답해주지 못했으며 아이들의 기대에 부응하지 못했다는 사실을 증명했다. 지금은 말할 것도 없지만 그때도 반다는 기가 막히게 논리적이었다.

"아이들이 원하는 게 뭔데?"

어느 날 아침 나는 평소보다 더 겁에 질려 반다에게 물었다.

"아이들은 이해하고 싶어 해!"

반다가 목이 메어 질식할 것 같은 소리로 악을 썼다.

"자기들 아버지가 대체 왜 다른 데에서 사는 건지, 왜 자기들을 버린 건지, 왜 자기들과 겨우 몇 시간밖에 안 보내면서 그마저도 시큰둥해하고 언제 온다는 말도 없이 사라지는지, 언제쯤 자기들을 제대로 돌봐줄 건지 알고 싶어 한다고!"

나는 그녀 말이 옳다고 했다. 그녀를 진정시키기 위해서이기도 했고 뭐라 반박해야 할지 몰라서이기도 했다. 나는 아이들에게 어떤 아버지였나. 지난 수년간 우리 네 식구가 평생을 함께할 거라는 믿음을 가지고 지냈던 그 집에 계속 있었다면 나는 어떤 아버지가 되었을까. 우리 집 건물에는 이미 우리 식구의 삶이 배어 있었다. 건물 구석구석 무의미한 곳이 하나도 없었다. 음습하고 겨울에는 춥고 여름에는 덥고 햇볕도 잘 들지 않는 공간일망정 집은 어느새 한때는 너무나 즐겁고 행복했던 우리 네 식구의 다정한 일상에 맞춰져 있었다.

일주일에 얼마 안 되는 시간이었지만 모든 것이 변해버린 지금 이 상황에서 한때 행복했던 그 집에 더는 머무르지 못할 것 같았다. 그래서 한번은 지긋지긋한 부부 싸움이 극에 달했을 때 반다에게 말했다.

"학교가 방학했으니 당분간 아이들을 내가 데리고 있을게."

"어떻게 데리고 있겠다는 거야?"

"내가 데리고 있겠다니까?"

"내게서 아이들을 빼앗으려는 거야?"

"대체 무슨 소리야. 그렇지 않아."

"당신은 아이들을 내게서 빼앗으려는 거야."

반다가 암울한 표정으로 말했다.

하지만 결국 아내는 내 말을 받아들였다.

반다는 이번 일이 내 진심을 알아내기 위한 최종 시험이라도 되는 듯 비장하게 내 제안을 받아들였다.

5

그해 여름 어느 일요일에 나는 아이들을 로마로 데리고 왔다. 아이들은 좋아하는 것 같았지만 사실 말도 안 되는 결정이었다. 그 당시 나는 집이 없었다. 집을 구할 만한 형편이 안 됐기 때문이다. 그렇다고 아이들을 리디아네 집으로 데려가고 싶지는 않았다. 언제나 그렇듯이 복합적인 이유 때문이었다. 반다가 나와 아이들이 리디아의 원룸에서 지낸다는 사실을 알게 되면 내가 그녀를 내 삶에서 지워버리려 한다고 생각할 것 같았다.

아내로서도 엄마로서도 필요 없으니 꺼져버리라는 뜻으로 이해할 것 같았다. 갈수록 편협한 생각에 사로잡혀서 타협을 받아들이지 않는 반다를 바라보며 나는 반다가 사건 간의 인과관계를 막연하게 연관 짓다가 상상도 못 할 극단적인 선택을 하게 될까봐 두려웠다. 사실 그녀는 시간이 갈수록 몸은 쇠약해지고 경계심만 늘어서 지금도 충분히 극단적인 방향으로 나아가고 있었다.

걱정되는 것은 반다의 반응만이 아니었다. 햇살이 따스한 리디아의 집에 머물며 아이들이 보는 앞에서 리디아와 함께 식사를 하고 리디아와 함께 잠자리에 드는 것은 끔찍한 행위 같았다. 그것은 마치 산드로와 안나에게 이렇게 말하는 것이나 다름없었다.

"애들아, 이 여자를 좀 봐. 얼마나 예의 바르고 차분한지 몰라. 우리 모두 리디아와 잘 지내게 될 거야. 아빠는 지금 여기서 살고 있는데 너희들도 이 집이 마음에 드니?"

그런 식으로 내 사랑을 지키기 위해서 아이들에게 나와 리디아와 함께 살도록 강요할 수는 없었다. 그것은 엄마에 대한 아이들의 사랑을 더럽히는 일이었다. 행여나 아이들이 리디아를 정말로 좋아하게 된다면 상황은 더 심각해질 터였다.

그뿐만이 아니었다. 아이들을 리디아의 집에 데려갈 수 없는 데는 또 다른 이유가 있었다. 나는 리디아에게 아버지로서의 내 모습을 보이고 싶지 않았다. 며칠 동안 리디아와 두 아이와 함께 지내면서 그녀의 작은 공간을 차지하고 집을 어지럽히고 싶지 않았다. 리디아 앞에서 아버지로서 져야 할 책임을 드러내 결국 리디아까지 나와 함께 아이들 뒤치다꺼리를 하게 만들기 싫었다. 지금껏 반다가 혼자서 아이들을 감당해준 덕분에 얼마 전까지만 해도 나는 아이들 돌보는 일이 그렇게 힘든지 몰랐었다.

무엇보다도 리디아 앞에서 열한 살짜리와 일곱 살짜리 아이가 둘이나 딸린 융통성 없는 서른여섯 살 유부남이라는 내 본모습을 적나라하게 보이기 싫었다. 그 마법 같은 공간에 있을 때면 나조차 그런 내 모습에 눈을 감고 싶었다. 리디아의 집에 있을 때만큼은 나는 결과를 두려워하지 않는 자유분방한 연인이었다. 나는 반다와는 전혀 다른 방식으로 리디아를 사랑하고 싶었다. 전도유망한 이 젊은 여인의 집에 암울했던 과거의 유산을 끌어들이고 싶지 않았다.

그래서 나는 아이들을 데리고 있는 동안 친구 집에 묵기로 했다. 아이들을 어떻게 돌봐야 하는지 전혀 몰랐기 때문에 얼마 안 있어 친구 아내의 도움을 받아야 했다. 친구 부부는 둘 다 내 편이었고 나를 응원해주었다. 정작 자신들은 금실 좋은 결혼 5년차 부부였는데 내게 충동은 참는 것이 아니라고 했다. 열정을 따르기를 잘했다며 죄책감에 시달릴 필요가 없다고 했다.

어느 날 저녁 아이들이 잠든 뒤 친구 부부는 내가 반다에 대해 절대로 나쁘게 말하지 않으려 하는 것은 잘못된 일이라며 내 사고방식을 뜯어고치려 들었다.

"어떻게 미안한 마음이 없을 수 있겠어?"

내가 물었다.

"그래도 반다는 너무 지나치잖아. 이런 식으로 행동하는 건 아냐."

친구가 말했다.

"나는 반다에게 큰 상처를 주었어. 반다는 그에 대해 반응하는 거고."

"하지만 하는 짓이 너무 비호감이잖아."

친구의 아내가 외쳤다.

"괴로운데 어떻게 좋은 감정으로 행동하겠어?"

"다른 사람들은 다 그렇게 하던데. 경우에 따라서 평정심을 유지하는 것만큼 중요한 것은 없어."

"자네 지인들은 반다처럼 괴롭지 않았나보지."

나는 진심으로 반다를 변호했지만 친구 부부는 여전히 내가 반다보다 더 성격이 좋고 정상적인 사람이라고 생각했다. 덕분에 아이들이 잠든 것을 확인하고 나면 나는 아이들을 정성껏 돌봐주는 친구 부부에게 맡기고 리디아에게 달려갈 수 있었다.

우리 관계가 시작된 이래 리디아와 보내는 시간은 매 순간 놀라웠다. 리디아와의 삶은 반다와 함께했던 궁핍한 삶과는 거리가 멀었다. 리디아는 어린 시절부터 안락하게 사는 법을 교육받고 그런 경험이 행동에 자연스럽게 배어나왔다. 리디아는 안락하고 즐거운 삶의 가치를 알고 있었다. 그녀는 내가 자기 집에서 기분 좋게 지낼 수 있게 해주려고 소비를 아끼지 않았고 내가 돈이 궁해지면 얼마 안되는 돈을 나누어주었다. 이토록 복잡한 상황에서도 미래에 대해 걱정하지 않았다. 나는 리디아가 풍성한 밤참을 식탁에 차려놓고 현관문을 열어주는 순간 행복을 느꼈고 새벽이 오기 전에 그녀의 침대를 떠날 때면 불행했다.

나는 아이들이 아직 깨지 않았기를 바라며 새벽 5시 30분에 집에 돌아와 죄책감에 잠 못 이루고 집 안을 배회하곤 했다. 가끔은 산드로와 안나가 잠들어 있는 침대 맡에 앉아 아이들을 바라보기도 했다. 내 마음속에 아이들의 모습을 새겨넣어 없어서는 안 될 나의 피조물임을 가슴으로 느끼고 싶었다.

나는 두 시간 정도 후에 아이들을 깨운 뒤 아이들이 아침을 먹고 세수를 할 때까지 기다렸다가 아이들을 직장으로 데리고 갔다.

산드로와 안나는 한 번도 불평하지 않았다. 아이들은 지극히 예의 바른 태도로 내 눈치를 봤다. 자기들 나름대로 아빠에게 짐이 되지 않기 위해, 동료 교수들과 학생들 앞에서 아빠 체면을 살려주기 위해 최선을 다했다. 그렇지만 나는 얼마 지나지 않아 아이들을 데리고 있겠다는 결심을 포기하고 말았다. 나는 서둘러 반다에게 아이들을 돌려주러 갔다.

"벌써?"

반다가 비아냥댔다.

"당신 부성이 겨우 이 정도야?"

뭐라 설명해야 할지 몰라 결국 나는 반다처럼 우리 아이들에게 필요한 것을 다 해줄 수 없었다고 했다. 반다는 그런 내 말을 다시 합치자는 의미로 잘못 알아듣고 갑자기 표정이 환해지더니 우리 네 식구가 힘을 합쳐서 새로운 균형점을 찾자고 했다.

나는 고개를 가로저었다.

"생각을 좀 정리해야겠어."

그 순간 반다는 내 시선에서 그녀가 없는 안락한 삶에서 내가 얼마나 큰 힘을 얻고 있는지 읽어내고 말았다. 그러고는 아이들을 비롯한 그 무엇도 나를 붙잡을 수 없다는 사실을 깨달았다. 나는 내가 반다에게 정말로 잔인한 짓을 했다는 것을 깨닫고 길게 생각하고 싶지 않아 그 자리에서 도망쳐버렸다.

반다의 마지막 소식은 그로부터 몇 달 후 우편으로 도착했다. 봉투에는 서류가 몇 장 들어 있었다. 나폴리 가정법원 문서 보관과장의 이름으로 산드로와 안나에 대한 양육권을 어머니에게 위임한다는 법적 조치가 취해졌음을 통보하는 서류였다. 나는 그길로 기차에 뛰어올라 법원에 달려가 항의하고 싶었다. 아이들의 아버지는 나고 법률 제133조 따위는 중요치 않다고 외치고 싶었다. 나는 아이들을 버린 것이 아니며 아이들과 함께 있고 싶었기 때문에 여기까지 직접 온 것이 아니겠느냐고 고함을 치고 싶었다. 하지만 나는 아무런 조치도 취하지 않았다. 여전히 리디아와 함께 지내며 일에 전념했다.

6

나는 황폐해진 서재 바닥에 주저앉아 오랫동안 그 서류를 들여다보았다. 서류는 반다의 편지들과 함께 노란색 봉투에 들어 있었다. 문득 아이들이 이른바 사법당국이라는 곳에서 보낸 통지서 원본이나 어딘가에 보관되어 있을 관련 서류를 읽어본 적이 있는지 궁금해졌다. 그 서류는 내가 공식적으로 아이들을 포기한다는 증거였다. 아이들이 아빠 없이 성장하도록 내버려 두겠다는 결정을 증명하는 서류였다. 아이들이 내 삶에서 완전히 떨어져나가는 것을 허락하는 서류였다. 아이들이 거센 파도에 휩쓸려 내 시야와 걱정의 영역 밖으로 떠내려가게 내버려 두는 것을 허락하는 서류였다. 그 간결한 통지서는 내가 아이들에 대한 책임과 의무에서 벗어났음을 증명하고 있었다.

이제부터는 머리와 가슴과 뱃속 깊은 곳에서 아이들의 무게를 느끼지 않게 될 것이다. 다시는 아이들과 함께하는 평범한 일상으로 돌아가지 못할 테니까. 얼마 지나지 않아 아이들은 내가 알던 모습과는 달라질 테니까. 산드로와 안나는 아이 때 얼굴을 잃고 키가 자랄 것이다. 육체적으로 전혀 다른 사람이 될 것이다. 얼굴도 목소리도 걸음걸이도 사고방식도 다 바뀔 것이다. 하지만 내 기억은 아이들을 아이들 엄마에게 데려다주면서 생각을 좀 정리해야겠다고 말했던 그 마지막 순간에 멈춰 있을 것이다.

그로부터 얼마간의 시간이 흐르는 동안 나는 갈수록 커져가는 사회적 성취감과 리디아 덕분에 아이들과의 이별을 견뎌낼 수 있었다. 나는 소모적인 대학 일을 그만두고 신문에 기고문을 쓰기 시작했다. 라디오 프로그램을 제작하고 조심스레 TV 방송계까지 진출했다.

킬로미터나 광속으로도 측정이 불가능한 거리가 있는데 그것은 바로 변화의 거리다. 내 열정을 쫓다보니, 그러니까 새로운 사랑과 새로운 일에 매진하다보니 자연히 아내와 아이들에게서 멀어지게 되었다. 특히 직업적인 면에서 나는 일련의 개인적인 성공을 거두며 표면적으로 성공 가도를 달리게 되었다. 리디아는 나를 좋아했고 다른 사람들도 마찬가지였다.

그러는 동안 엷은 안개가 더디고 무능했던 내 과거를 덮어버렸다. 나폴리 집도 친척들도 친구들도 희미해졌다. 반다와 산드로와 안나에 대한 기억만은 끈질기게 이어졌지만 결국 거리가 멀어짐에 따라 그 생명력은 약해져갔고 나도 그들의 고통에 무뎌졌다. 게다가 거의 무의식적으로 오래전에 익힌 감정 통제력이 발휘됐다.

어린 시절 나는 아버지가 어머니를 괴롭힐 때 애써 어머니의 고통을 외면하는 연습을 했다. 나중에는 실력이 너무나 좋아진 나머지 바로 눈앞에서 벌어지는 광경인데도 부모님의 고함 소리와 욕설이 들리지 않게 되었다. 아버지가 어머니의 뺨을 때리는 소리와 어머니의 울음소리 그리고 어머니가 노래의 후렴구처럼 지금 당장 창문 밖으로 뛰어내려서 죽어버리겠다고 외치는 소리가 정말로 들리지 않았다. 부모님이 보기 싫으면 그저 두 눈을 감아버리면 그만이었다.

나는 평생 어린 시절에 익힌 감정 통제력을 수천 번도 넘게 사용했다. 그리고 그 무렵 나는 그런 내 능력을 참으로 유용하게 써먹었다. 공허함에서 도망쳐온 내가 또 다른 공허함을 만든 꼴이었다. 아내와 아이들의 모습이 시도 때도 없이 불쑥 떠오르곤 했지만 그럴 때마다 나는 눈을 질끈 감고 귀를 닫아버렸다.

물론 이 방법이 항상 효과가 있는 것은 아니었다. 반다가 자살을 시도했다는 소식을 들었을 때 나는 외국에 있었다.

"그렇게까지 하다니."

나는 몹시 낙담해서 외쳤다. 하지만 나도 내 말이 무슨 의미인지 잘 몰랐다. 아마도 그 말은 반다를 향한 침묵의 외침이었을 것이다. 아내에게 그런 식으로 죽음 직전까지 자신을 몰아붙일 필요가 있었느냐고 묻고 싶었던 것이다. 아니다. 그보다는 나 자신에게 화가 나서 한 말일 수도 있다. 아내를 그렇게까지 하게 만들다니 부끄러운 줄 알라는 자책이었을 것이다. 그도 아니면 다른 사람들이 위험에 처하게 되거나 괴로워하게 될 것이라는 사실은 안중에도 없이 자신이 원하는 것을 차지하기 위해서라면 무슨 일이든 하는 인간의 집착에 대한 보편적인 항의였을 수도 있다.

나는 불안해서 어쩔 줄 몰랐다. 반다는 병원에 입원해 있었다. 언제 어떻게 자살을 시도했을까. 엄마의 자살 시도는 산드로와 안나에게 어떤 상흔을 남겼을까. 순간 지난 기억들이 되살아나면서 이미 멀어졌던 이의 모습이 선명하게 떠올랐다.

나는 선택의 기로에 섰음을 직감했다. 나는 새 직업과

지금의 나의 삶과 리디아와 함께 만들어나가던 일상을 비롯한 모든 것을 버리고 달려가 내가 만든 공허함을 메우고 모든 것을 제자리로 되돌려놓든가 아니면 반다와 그녀 곁에 있는 아이들을 외면함으로써 감정에 휩쓸릴 위험을 아예 제거하기 위해 병원에 가지 않고 전화로 반다의 상태만 묻는 것 중 하나를 선택해야만 했다.

나는 그 두 가지 가능성 사이에서 한참을 망설였다. 그 누구에게도 조언을 구할 수 없었다. 선택은 오직 나만의 과제였다.

반다가 살아나지 못하면 어떻게 되는 거지? 그럼 내가 반다를 죽인 게 되나? 대체 왜? 반다가 자기 인생과 아이들을 생각해서 버티지 못하고 자기 생명을 버리는 것이 낫다고 결정할 만큼 그녀를 무참히 짓밟은 사람이 바로 나이기 때문에? 산드로와 안나는 커가면서 나를 자기들 엄마의 살인자라고 생각할까? 아무리 그렇다고 지난 수년간 내가 저지른 범죄행위를 인정하게 하려고 목숨까지 끊을 필요가 있었을까?

범죄자. 범죄자. 범죄자.

나는 한 사람에게 상처를 주었다. 나처럼 충만히 자아를 실현하고 싶어 했던 젊은 생명에게 더는 살아갈 방법을 모른다는 사실을 인정하게 만들었다.

아니다. 대체 지금 내가 무슨 생각을 하고 있단 말인가. 운명을 따르는 것이 범죄란 말인가. 자신이 가진 잠재력이 저평가되는 것을 거부하는 것이 범죄란 말인가. 억압적인 제도와 관습에 반기를 드는 것이 범죄란 말인가? 그렇지 않다.

나는 반다를 좋아했다. 마음을 모질게 먹고 그녀에게 해를 끼치려 한 적은 한 번도 없었다. 나는 반다를 언제나 조심스럽게 대했다. 그녀를 속인 것도 최대한 아프지 않게 하기 위해서였다. 그렇다고 반다 대신 내가 아프고 싶지는 않았다. 그녀가 질식하는 것을 막기 위해 내가 질식하고 싶지는 않았다. 그렇게까지는 하고 싶지 않았다.

나는 반다를 보러 가지 않았다. 그녀의 상태가 어떤지 알고 싶지도 않았다. 반다에게 편지를 보내지 않았고 아이들이 이 상황을 어떻게 받아들였는지 걱정하지도 않았다. 나는 반다가 이제는 정말로 현실을 똑바로 바라볼 수 있게 행동하기로 마음먹었다.

그 무엇도 리디아에 대한 내 사랑을 막을 수 없었다. 반다의 죽음마저도. 나는 바로 그 무렵 사랑이라는 표현을 사용하기 시작했다. 그전까지만 해도 사랑한다는 말은 연애 소설에나 나올 법한 말이라고 생각했었다. 그런데 이제는 사랑이라는 단어에 전에 없던 의미를 부여하게 되었다.

7

반다는 건강을 회복했고 다시는 나를 찾지 않았다. 얼마 지나지 않아 편지를 보내는 것도 그만두었다. 하지만 1978년 3월에는 내가 먼저 반다에게 편지를 썼다. 나는 따로 산드로와 안나를 만나게 해달라고 했다.

왜 그랬는지 이유를 설명하기가 쉽지 않다. 표면적으로는 모든 것이 순풍에 돛을 단 듯 순조롭게 진행되고 있었을 때였다. 나는 로마에 살고 있었고 방송계에 어느 정도 안정적으로 자리를 잡은 후였다. 리디아와의 관계는 더할 나위 없이 좋았다. 반다는 다시는 내게 부담을 주지 않았다. 아이들 생각은 간헐적인 경련처럼 가끔 떠오를 뿐이었다. 거리에서 아이가 아빠를 부를 때 흠칫 놀라 뒤돌아보는 정도였다.

그러면서도 뭔가 찜찜했다. 시기가 좋지 않아서인지 자신감이 다시 사라지기 시작했다. 가끔은 내가 생각보다 재능이 없는 것처럼 느껴졌다. 기분이 가라앉을 때면 내가 성공의 가도를 달리고 있는 것도 우연의 산물일 뿐이며 얼마 지나지 않아 상황이 바뀌어서 분에 넘치는 일을 맡은 교만에 대한 대가를 치르게 될 것 같았다. 내가 자신감을 잃게 된 데는 리디아의 영향도 있었을 것이다. 시간이 갈수록 나는 그녀에게 깊이 빠져들었고 그녀는 내게 과분할 정도로 세련되고 지적이고 섬세한 여인이라고 생각했다.

"왜 내 곁에 있는 거야?"

나는 리디아에게 이렇게 묻곤 했다.

"어쩌다 그렇게 됐으니까."

"그건 내 질문에 대한 대답이 아니야."

"하지만 사실인걸."

"어쩌다 이 모든 것이 끝나버리면?"

"어쩌다라도 그런 일이 일어나지 않게 노력하면 되지."

가끔 파티나 공식적인 행사에 가면 멀리서 리디아의 모습을 바라보곤 했다. 불과 2년 만에 소녀티를 벗고 어느새 주변 사람들에게 존경받는 여인이 되어 있었다.

리디아는 물결치는 불꽃처럼 은은하게 타오르는 기운을 눈부시게 발산하고 있었다. 그런 리디아를 바라보며 나는 머지않아 그녀가 나를 떠날 거라고 생각했다. 내 야망을 자극한 것은 리디아의 넘치는 생명력이었다. 내가 성공할 수 있었던 것도 다 그 덕분이었다. 언젠가는 리디아도 그녀가 사랑한 것은 내가 아니라 내게 전도된 자기 자신의 열정이었다는 사실을 깨달을 것이다. 나라는 인간이 불안감에 사로잡힌 소인배에 불과하다는 사실을 깨달을 것이다. 내 본모습을 알면 알수록 다른 남자들에게 매력을 느끼게 될 것이다.

일단 그런 생각이 들자 나는 리디아의 친구들을 예의 주시하기 시작했다. 리디아가 어떤 남자에 대해 지나치게 칭찬을 늘어놓을 때마다 나는 긴장했다. 하지만 다른 한편으로는 내 자신이 미처 깨닫기도 전에 거리낄 것 없는 연인에서 일개 간수로 전락하고 싶지는 않았다. 그것은 무의미한 변신이었다. 나는 그런 사실을 너무나 잘 알고 있었다. 좋든 싫든 리디아는 자신의 욕망을 좇느라 나를 아프게 할 것이다. 내가 내 욕망을 좇느라 반다를 아프게 했듯이.

리디아는 나를 배신할 것이다. 그렇다. 그런 상황에 적합한 단어는 배신이다. 비록 우리가 결혼서약을 하지 않았고 서로에 대한 구속력도 없지만 말이다. 내게 다른 여자를 탐하면 안 된다는 의무가 없고 리디아도 다른 남자를 탐하지 않겠다고 약속하지 않았지만 말이다. 그런 일이 일어날 거라는 상상만으로도 나는 죽을 것만 같았다.

리디아는 출장을 가서 마음에 드는 남자를 만날 것이다. 친구나 지인에게 매력을 느껴 그들의 마음을 빼앗을 것이다. 파티에 갔다가 들뜬 마음에 유혹에 빠지거나 힘 있는 사내들의 그늘 아래서 내가 그녀에게 해줄 수 없었던 특권을 누리며 우쭐해할 것이다. 새 시대는 구시대 위에 번지르르한 베일을 씌운 것일 뿐인가. 오래된 충동은 여전히 현대화라는 이름의 가면 아래 곪아가고 있다.

하지만 그것이 오늘날의 삶이고 리디아는 이를 만끽할

것이다. 내 고통은 이를 막지 못할 것이다. 그렇기 때문에 나는 가끔 일할 마음을 잃었다. 리디아는 나를 사랑하고 있으며 앞으로도 영원히 그럴 거라 애써 마음을 다잡기 전까지 사라진 창의력은 돌아오지 않았다. 리디아가 나를 사랑하지 않는다면 내 고통의 흔적은 그 의미를 잃을 터였다.

그런 기분이 들 때면 만남, 경쟁 의식, 만성적인 긴장감, 소소한 승리와 패배, 출장, 아침 점심 저녁으로 리디아와 주고받는 키스와 포옹—아픈 기억과 후회를 잊는 데 이만한 해독제도 없다—으로 촘촘하게 짜인 바쁜 일상이 미세하게 느슨해졌다. 그러면서 아이들과 함께 놀아주거나 기차나 버스에서 아이들을 타이르는 아버지를 보거나 아이들에게 자전거 타는 법을 가르쳐준답시고 페달을 밟으라고 소리 지르며 심장마비라도 걸릴 것 같은 기세로 자전거 안장을 밀면서 달려가는 아버지를 보게 되면 반다와 아이들이 생각났다. 잊고 있던 아내와 아이들이 생각나면 나도 한때 저들 같았다는 사실이 떠올랐다.

기분이 심하게 가라앉았던 어느 추운 겨울날 아침 나는 나치오날레가를 지나다 야위고 지저분한 여인이 심술궂어 보이는 두 아이를 끌고 가는 장면을 목격했다. 한 명은 열 살 정도 되어 보이는 남자아이였고 다른 한 명은 다섯 살 정도 되어 보이는 여자아이였다. 두 아이는 자기들끼리 싸우고 있었다. 나는 한참 동안 여자와 두 아이를 바라보았다. 아이들은 서로를 밀치며 욕을 해댔고 여자는 그런 아이들을 위협하고 있었다. 여자는 유행이 지난 초라한 코트 차림이었고 아이들은 낡아서 모양이 변형된 신발을 신고 있었다.

나는 생각했다.

'망각의 늪에서 내 가족이 살아 돌아왔구나.'

그 순간 그들 곁에 나의 빈자리가 보였다. 나는 그들이 그렇게 된 것은 다 그 빈자리 때문이라고 확신했다.

며칠 후 나는 반다에게 편지를 보냈다. 반다에게 답장을 받은 것은 그로부터 2주 후였는데 그때는 이미 반다와 아이들에 대한 관심이 멀어진 후였다. 나쁜 생각을 떨쳐내고 잘 지내고 있을 때였다. 그랬던 내가 반다의 편지 때문에 다시 예민해졌다.

'아이들과의 관계를 회복하고 싶다고 했지? 4년이나 지났으니 이제 이성적으로 문제를 해결할 수 있다고 했지? 그런데 지금 이 시점에서 해결할 문제가 뭐가 남았지? 당신이 우리 인생에서 사라짐으로써 아이들과 내 인생을 송두리째 앗아가버린 그 순간 당신 욕망의 본질이 무엇인지 확실해진 거 아니었어? 당신이 아버지로서의 부담감을 감당하지 못하고 아이들을 버렸을 때 말이야. 어쨌든 나는 아이들에게 당신의 요청을 전해주었고 아이들은 당신을 만나기로 했어.

혹시나 잊어버렸을까봐 알려주는데 산드로는 이제 열세 살이고 안나는 아홉 살이야. 둘 다 불안감과 두려움에 억눌려 있어. 그러니 제발 아이들의 상태를 더 나쁘게 만들지 말아줘.'

나는 마지못해 아이들을 만나러 갔다.

8

반다가 비아냥조로 산드로는 열세 살이고 안나는 아홉 살이라는 사실을 일깨워준 덕분에 나는 아이들이 내가 기억하는 모습보다 많이 변했을 거라고 마음의 준비를 했다. 그런데 막상 만나보니 그냥 변한 정도가 아니었다. 아이들은 모르는 사람을 쳐다보는 듯한 시선으로 나를 바라보았다.

　나는 아이들을 바에 데려가서 맛있는 음식과 음료를 테이블 위에 잔뜩 늘어놓았다. 하지만 아이들과 대화를 나누려다 결국은 내 이야기만 늘어놓고 말았다. 아이들이 나를 아빠라고 부르지 않아서 불안한 마음에 끊임없이 아이들의 이름을 불러댔다. 또 아이들에게 자신들의 삶을 송두리째 뒤흔들어놓고 상처만 준 사람으로 기억될까봐 두려워서 나는 내가 다른 사람들에게 얼마나 존경받고 있는지, 나의 인품이 얼마나 훌륭한지, 아이들이 학교 친구들에게 자랑할 만한 직업을 가지고 있는 사람인지를 두서없이 늘어놓기 시작했다.

　아이들의 주의 깊은 시선과 이따금 입가에 떠오르는 미소, 안나의 가벼운 웃음에 힘입어 나는 아이들을 설득했다고 생각했다. 나는 이쯤에서 아이들이 커서 아빠처럼 되려면 어떻게 해야 하는지 묻기를 바랐지만 산드로는 입을 꾹 다물고 있었고 안나는 자기 오빠를 가리키면서 이렇게 말했다.

"오빠한테 신발끈 묶는 법을 가르쳐준 사람이 정말 아빠예요?"

나는 당황했다. 내가 산드로에게 신발끈 묶는 법을 가르쳐주었던가? 기억이 나지 않았다. 특별한 계기가 있었던 것도 아닌데 아이들이 타인처럼 느껴지는 것이 이제는 놀랍지 않았다. 그런 이질감은 원래부터 나와 아이들의 관계 속에 내재되어 있었기 때문이다. 아이들과 같이 살 때 나는 언제나 무심한 아버지였지만 그때는 아이들이 내 자식이라는 사실을 인지하기 위해 굳이 아이들을 속속들이 알아야 할 필요가 없었다. 그런데 이제는 아이들에게 좋은 모습을 보이기 위해 아이들에 대한 모든 것을 받아들여야 했다.

나는 지나치게 집중해서 아이들을 관찰하고 있었다. 타인을 관찰할 때처럼 몇 분 만에 아이들에 대한 모든 것을 파악하기 위해 작은 부분 하나까지 놓치지 않으려고 집중하고 있었다. 나는 안나의 질문에 거짓으로 답했다.

"그래. 아마 그랬을 거야. 산드로에게 이것저것 가르쳐
주었으니 신발끈 묶는 법도 가르쳐주었을 것 같구나."

"나처럼 신발끈을 묶는 사람은 아무도 없어요."

내 말에 산드로가 중얼거렸다.

그러자 안나가 말했다.

"오빠는 정말이지 신발끈을 우스꽝스럽게 묶어요. 아빠
도 그렇게 묶는다니 믿을 수가 없어요."

나는 애써 미소를 띠며 내가 할 수 있는 한 가장 사람 좋
은 표정을 지어 보였다. 나는 내가 평범하게 신발끈을 묶는
다는 사실을 알고 있었다. 산드로와 안나가 각자 다른 어조
로 이야기한 신발끈 묶는 독특한 방식은 산드로가 어린 시
절 나는 알 수 없는 다른 경로로 습득한 것이 틀림없었다.
나는 산드로가 신발끈 묶는 방식으로 아빠와 연결되어 있
다고 생각하다가 이제 와서 사실이 아니라는 것을 알게 될
까봐 걱정됐다. 어떻게 해야 할까.

안나는 내 눈을 똑바로 쳐다보았다. 안나는 항상 즐거워
보였다. 원래 입꼬리가 살짝 올라가 있어서 기분이 좋지 않
을 때도 그래 보였다. 안나가 말했다.

"아빠가 어떻게 신발끈을 묶는지 보여주세요."

그제야 나는 안나가 말로는 제 오빠를 놀리면서도 내가 싫은데 억지로 아빠라고 불러야 하는 잘 모르는 아저씨 이상의 존재라는 증거를 신발끈 에피소드에서 찾고 있다는 사실을 깨달았다. 내가 물었다.

"내가 여기서 신발끈을 어떻게 묶는지 보여줬으면 좋겠니?"

"네."

안나가 대답했다.

나는 신발끈 한쪽을 풀고 다시 묶기 시작했다. 신발끈 양 끝을 잡아당긴 다음 두 개의 끈을 교차시킨 후 한쪽 끝은 다른 끝 아래로 넣고 힘껏 잡아당겼다. 아이들을 쳐다보니 둘 다 입을 벌린 채 시선을 내 신발에 고정하고 있었다. 나는 신경이 조금 곤두서서 다시 양쪽 끝을 교차시키고 한쪽 끝을 다른 끈 아래로 집어넣은 다음 다시 한번 끈을 힘껏 잡아당겨서 고리를 만들었다. 나는 불안한 마음에 잠시 동작을 멈췄다. 산드로의 눈에 만족스러운 웃음기가 떠올랐다. 안나가 조그맣게 물었다.

"그런 다음에는요?"

나는 고리를 잡고 손가락 사이에 끼운 다음 나머지 한쪽 끈을 집어넣어서 고리 모양을 하나 더 만들어 반대쪽으로 잡아당겼다.

"자, 다 됐다."

내가 산드로에게 말했다.

"너도 이렇게 하니?"

"맞아요."

산드로가 대답했다.

안나도 말했다.

"맞아요. 그런 식으로 신발끈을 묶는 사람은 아빠랑 오빠밖에 없어요. 저도 배울래요."

나와 산드로는 그날 오후 내내 안나가 우리 앞에 무릎을 꿇고 앉아서 신발끈 묶는 법을 익힐 때까지 신발끈을 풀었다 묶기를 반복했다. 안나는 이따금 아무리 그래도 이런 식으로 신발끈을 묶는 것은 꼴불견이라고 했다. 나중에 산드로가 물었다.

"아빠는 언제 제게 신발끈 묶는 법을 가르쳐주셨어요?"

나는 산드로의 질문에 솔직하게 대답하기로 마음먹
었다.

"내가 특별히 따로 가르쳐준 것 같지는 않구나. 아마 내
가 신발끈 묶는 것을 보고 너 혼자 배웠을 거야."

그때부터 나는 전에는 느끼지 못했던 극심한 죄책감에
시달렸다.

아이들과 만난 뒤 반다에게서 편지가 왔다. 반다는 산드
로와 안나는 아빠가 언제나 그렇듯이 자기들과 빨리 헤어
지고 싶어서 안달 난 것처럼 보였다고 했다. 문장에서 나
에 대한 적의가 느껴졌다. 반다는 내가 아이들을 실망시켰
다고 했다. 신발끈 이야기는 없었다. 산드로와 안나가 엄마
에게 그 이야기를 하지 않은 것이 틀림없었다. 하지만 나는
신발끈을 풀고 묶으면서 우리가 가까워졌다는 사실을 알
고 있었다. 어쩌면 아이들이 태어난 이래 우리 사이를 가장
가깝다고 느꼈던 것 같다. 나는 내 생각이 맞기를 바랐다.
정말로 그런 일이 일어났다고 믿고 싶었다.

그날 바에서 나는 과거 그 어느 때보다 산드로와 안나에
게 강한 부성을 느꼈다. 내가 아이들에게서 앗아가버린 것

171

에 대한 책임을 통감하고 사랑받지 못한다는 생각에 아이들이 받았을 상처를 온몸으로 느꼈다. 나는 며칠 밤낮을 리디아 모르게 혼자 울었다. 그렇기 때문에 나는 아이들이 아빠한테 실망했다고 반다에게 말했다는 사실을 믿을 수 없었다.

하지만 반다가 거짓말을 할 사람이 아니라는 것을 알기에—반다는 절대로 거짓말을 하지 않았다—나는 아이들이 거짓말을 했나보다고 생각했다. 선의에서 말이다. 아이들은 아빠를 만나서 좋았다고 말하면 엄마가 괴로워할까봐 두려웠을 것이다. 엄마가 괴로워할 때마다 아이들은 기가 죽었다. 그러니 엄마를 속상하게 하지 않으려고 이번에 알게 된 아빠의 좋은 면에 대해서는 입을 다물기로 한 것 같았다.

바로 그 무렵 어머니 생각이 났다. 어머니가 아버지의 면도칼로 손목을 그었을 때의 일 말이다. 핏방울이 바닥에 뚝뚝 떨어지는 광경을 보며 나와 형제들은 어머니가 다른 쪽 손목까지 그을까봐 어머니에게 달려들었다. 순간 유년 시절과 사춘기 시절 그런 광경을 보며 만들어낸 무감각

함이라는 방패에 금이 가는 것을 느꼈다. 아득히 먼 옛날 어머니가 느꼈을 고통과 불만과 분노와 손버릇 고약한 남편에게 간혹가다 느꼈을 증오에 가까운 감정이 여과 없이 밀려들었다. 그토록 강렬한 감정에 사로잡힌 것은 처음이었다.

봇물 터지듯 밀려드는 감정 속에 반다의 고통도 전해져 왔다. 그제야 처음으로 내가 반다를 얼마나 망가뜨려놓았는지 뼛속 깊이 느껴졌다. 그뿐만이 아니었다. 나는 반다의 고통에 정면으로 부딪히지 않고 조심스레 피해갔지만 산드로와 안나는 그렇게 하지 못한 것이다. 그 사실을 깨닫는 순간 반다의 고통만큼이나 아이들의 고통도 사무치게 느껴졌다. 아내의 고통이 아이들을 덮쳐 갈가리 찢어놓았다는 사실을 알게 됐다. 그런데도 아이들은 내게 신발끈에 대해서 물어보았다.

"아빠도 나처럼 신발끈을 묶나요?"

"아빠 정말 꼴불견이에요. 그래도 내게 신발끈 묶는 법을 가르쳐줄래요?"

9

나는 다시 아이들을 만나기 시작했다. 가능한 한 정기적으로 나폴리 집에 들렀고 아이들을 로마에 데려오기도 했다. 점심에도 저녁에도 아이들과 함께 레스토랑에서 외식을 하고—아이들에게는 새로운 경험이었다—마치니가에 새로 얻은 아파트에서 재웠다. 리디아와 살림을 합친 지 얼마 되지 않았을 때였다. 그 당시에도 이미 사회적으로 어느 정도 성공을 거두었지만 나는 앞으로 더 크게 성공하게 될지라도 과거의 상흔을 합리화할 수 없을 거라는 사실을 깨달았기에 결국 일하는 데 방해가 될 정도로 상황을 복잡하게 만들고 말았다. 하지만 과거의 고통은 이미 아이들의 행동과 목소리에 새겨져 지워지지 않았다.

안나는 리디아에게 증오심을 드러내며 대놓고 그녀의 친절을 거부했고 산드로는 몇 번인가 억지로라도 상황을 받아들이려 했지만 나중에는 내가 자기 엄마가 아닌 다른 여자랑 살고 있는 그 집에 발을 디디려 하지 않았다.

산드로와 안나는 내가 자신들에게만 집중해주기를 바

랐다. 항상 자기들 옆에만 붙어 있기를 바랐다. 그러다보니 나는 내 일을 제대로 못 하게 됐고 그에 따른 여파가 심각해지기 시작했다. 나는 직장 문제를 해결하기 위해 결국 리디아와 함께 보내는 시간을 줄여야 했다. 리디아와 자유롭게 보냈던 삶은 기반을 잃었다. 나는 마감에 쫓겼고 반다의 그림자를 느끼면서 산드로와 안나의 투정을 감내해야 했다.

"아이들을 제대로 돌봐줘."

한번은 리디아가 말했다.

"당신은 어쩌고?"

"나는 기다릴 수 있어."

"아니, 당신은 나를 기다려주지 않을 거야. 직장에 다니고 친구들을 만나다 결국에는 나를 버릴 거야."

"내가 기다린다고 했잖아."

하지만 리디아는 만족하지 못하고 시간이 갈수록 자신만의 독립적인 삶의 영역을 넓혀갔다. 아이들과 반다도 만족하지 못하기는 매한가지였다. 나는 반다가 강요하는 모든 의무사항들을 꼼꼼하게 준수했고 아이들에게 잘해줬지만 반다는 갈수록 요구사항이 많아졌다. 예를 들어 언젠가부터 나는 산드로와 안나를 나폴리 집에서만 보기로 했다. 아이들 학교와 친구들이 나폴리에 있기 때문이기도 했고 리디아의 인생을 더는 복잡하게 만들고 싶지 않아서이기도 했고 반다가 원해서이기도 했다.

내가 나폴리 집을 찾을 때마다 반다는 원망스런 태도와 따뜻한 환대를 오갔다. 나도 모르게 아내의 기분을 상하게 하면 독설을 퍼부으며 나를 내쫓았다. 하지만 내가 순종적인 태도를 보이면 친절하게 대해주면서 아이들의 방해를 받지 않고 집에서 작업할 수 있게 배려해주다가 언젠가부터 점심 저녁으로 식탁에 나를 위한 자리를 마련하기 시작했다.

얼마 지나지 않아 로마가 아니라 반다의 집에서 산드로와 안나를 만나는 것이 편할 뿐 아니라 일을 하기에도 효율적이라는 것을 깨달았다. 한번은 리디아가 일주일 동안 출장을 떠난 사이 두 아이의 성화에 못 이겨 나폴리로 갔다가 하룻밤이 아니라 일주일 내내 그 집에 머물게 되었다. 어느 날 저녁 반다와 나는 우리의 첫 만남에 대해 오랫동안 이야기를 나누었다. 20년 전의 일이었다. 그러다 우리가 예전에 쓰던 침대에 함께 눕게 되었다. 그렇다고 서로의 몸에 손을 대지는 않았다. 우리는 먼 과거 이야기를 하다 잠이 들었다.

리디아를 다시 만났을 때 나는 그녀에게 그날 일을 들려주었다. 당시 나는 갈수록 늘어나는 리디아의 업무와 주변 사람들에게 신망을 받는 리디아에게 짜증이 났다. 나 때문에 점점 더 복잡한 상황에 처하는데도 변치 않는 그녀의 관대함마저 짜증스럽게 느껴졌다. 리디아는 항상 친절했다. 아이들과 아내가—법적으로 헤어지지 않았으니 당시 새롭게 유행하던 이혼이란 것도 할 수 없었다—긴 통화로 우리 사생활을 침해해도 화를 내지 않았다. 리디아는 내게 아무것도 요구하지 않았고 나를 원망하지도 않았다. 갈수록 늘어나는 리디아의 업무에 대해서 내가 몇 마디 하면 그때만은 표정이 굳어졌다.

나는 리디아가 우리 관계를 더는 소중하게 생각하지 않는다고 의심했다. 그래서 리디아가 화를 내기를 바라며 그 이야기를 했던 것이었다. 나는 그녀가 고함을 지르고 울기를 바랐다. 하지만 리디아는 아무 말도 하지 않았다. 몹시 창백해졌을 뿐이었다. 그러고는 내게 아무런 말도 없이 우리가 함께 사는 집을 떠나 예전의 원룸으로 돌아갔다. 리디아의 결정에 항의도 해보고 애원도 해보았지만 그녀는 그저 이렇게 대답할 뿐이었다.

"당신에게 당신만의 공간이 필요하듯이 내게도 나만의 공간이 필요한 거야."

한동안 혼자 살았지만 계속 그러기에는 너무나 우울했다. 결국 나는 아이들과 아내가 있는 나폴리로 돌아갔다. 처음에는 일주일 정도만 머무를 생각이었지만 일주일이 2주가 되고 2주가 3주가 되었다. 하지만 리디아 없이는 도저히 살 수 없어서 그 후 몇 개월 동안 나는 광적으로 리디아에게 전화를 걸었다. 물론 아이들이나 반다가 눈치채지 못하게 조심하면서.

리디아는 내가 전화하면 바로 받았고 다정하게 이야기를 나눠주었다. 하지만 내가 보고 싶어 죽겠다고 하면 작별인사도 하지 않고 전화를 끊어버렸다. 리디아가 나와의 관계를 완전히 끊은 것은 내가 아이들과 반다와의 관계가 갈수록 돈독해지는데도 그녀가 너무나 보고 싶어서 그녀에게 몰래 만나자고 제안한 뒤였다. 나는 그녀에게 아무런 부담 없이 둘 다 편안한 마음으로 가끔 만나서 즐거운 시간을 보내자고 했었다. 그 후로는 정말이지 힘든 시절이었다. 나는 고통을 누그러뜨리기 위해 텔레비전 프로그램을 제작하는 데 온 힘을 쏟았다. 프로그램은 큰 성공을 거두었고 덕분에 수입이 엄청나게 늘어서 가족을 로마로 데려올 수 있었다.

10

정확히 언제부터 반다를 두려워하게 됐는지는 잘 모르겠다. 사실 대놓고 '나는 반다가 두렵다'고 인정한 적은 없다. 내 감정에 문법과 구문론적인 형태를 부여해보는 것은 이번이 처음이다. 하지만 쉬운 일은 아니다. '두렵다'라는 동사도 내 감정을 표현하기에는 적합한 것 같지 않다. 편의상 그렇게 표현했을 뿐 함의하는 바가 너무 좁다. 놓치는 것이 너무 많다. 그런데도 최대한 간단하게 설명하자면 상황은 이렇다. 1980년부터 오늘날에 이르기까지 나는 마르고 왜소한 몸집에 최근 들어 뼈까지 약해진 여자와 살고 있다. 그녀는 마음만 먹으면 내 말문을 막히게 하고 내 기운을 빼놓고 나를 비겁한 인간으로 만들어버릴 수 있다.

우리의 관계는 서서히 변했던 것 같다. 반다는 나를 받아들이기는 했지만 처음 12년 동안 우리의 결혼 생활을 특징지었던 온화한 사랑을 보여주지는 않았다. 반다는 전투적으로 결혼 생활에 임했으며 집착에 가까울 정도로 자화자찬에 목매달았다. 반다는 그동안 자기가 어떤 노력을 했는지 이야기하고 또 이야기했다. 자신이 금기를 이겨내고 완전한 여성이 되기 위해 얼마나 마음을 모질게 먹었는지 말이다.

내가 보기에 반다는 그 후 한참 동안 균형을 되찾지 못했다. 건강이 나빠진 데다 손과 시선을 잠시도 가만히 두지 못하고 움직였고 줄담배를 피웠다. 반다는 위기가 찾아오기 전과 똑같은 상황에서 재출발하려는 마음이 없었고 자기 본연의 모습으로 돌아가기를 거부했다. 자신을 버림받게 만든 여자보다 자기가 훨씬 젊고 예쁘고 세련되고 자유롭다는 사실을 인정받기 위해 매일같이 내 앞에서 연극을 했다.

나는 그런 상황이 당황스러웠다. 나는 예전과 같은 조용한 배려면 충분하다는 것을, 너무 애쓰지 않아도 된다는 것을 반다에게 이해시키려 했다. 하지만 얼마 지나지 않아 내가 조금이라도 불만스러운 기색을 내비칠 때마다 반다가 경직되는 것이 느껴졌다. 나는 반다가 승리감에 취해 지난 일을 잊어버렸다고 생각했다. 실제로 나의 추측은 들어맞았지만 반다의 망각은 내 예상과는 전혀 다른 결과를 낳았다.

반다는 내 앞에서는 되도록 과거의 과오에 대한 이야기를 꺼내지 않았다. 그때 받았던 굴욕과 모욕이 자연스럽게 희석되도록 내버려 두었다. 하지만 상처는 좀처럼 아물지 않고 다른 방식으로 나타났다. 반다는 여전히 고통받고 있었고 그 때문에 비타협적인 사람이 되어버렸다. 반다는 괴로우면 화를 냈다. 조금 괜찮아졌다가도 괴로우면 적대적으로 변했다. 괜찮아졌다가도 힘들면 나를 경멸했고 그러다 또 괴로우면 앞뒤가 꽉 막힌 사람처럼 굴었다. 그녀는 자신이 예전처럼 호락호락한 사람이 아니라는 것을 증명하기 위해 매일 시험을 치르는 것 같았다. 내게 자기 말대로 하지 않으려면 꺼지라고 말하는 것 같았다.

반다의 불안한 상태는 나를 우울하게 만들었다. 과거에는 내가 반다에게 얼마나 큰 고통을 주었는지 깨닫기까지 오랜 시간이 걸렸지만 이번에는 반다의 상처를 바로 알아챘고 그에 대해 아픔과 책임을 느꼈다. 죄책감 때문에 나는 매일 반다에게 되도록이면 칭찬을 많이 해주려고 노력했다. 나는 언젠가는 반다가 자신이 얼마나 똑똑한지 뽐내거나 극단적인 정치적 성향을 드러내거나 잠자리에서 지나치게 과감하게 굴거나 과도한 자신감을 드러내는 데 지치기를 인내심을 가지고 기다렸다. 참고 기다린 결과는 좋았다. 어느 순간부터 반다는 내게 책에서 읽은 인용문을 읊어대기를 멈추고 모든 것을 뒤집어놓으려는 욕망을 버렸다. 성적 욕구도 누그러지고 예전처럼 수수하게 자신을 가꾸기 시작했다.

그렇지만 내가 조금이라도 다른 의견을 내면 표정이 어두워졌다. 내가 어떤 일에 동의하지 않으면 바로 긴장했다.

내게 불만이 있는 거라고 생각하고 견디기 힘들어했다. 얼굴이 창백해져서 담배에 불을 붙이고는 떨리는 손으로 엄청나게 빠른 속도로 담배를 뻐끔뻐끔 피워댔다. 말도 안 되는 논리를 늘어놓으면서 자기 의견을 고수했다. 결국 내가 그녀 말이 맞다고 수긍하고 나서야 겨우 안정을 되찾았는데 그럴 때면 갑자기 돌변해서 지나칠 정도로 명랑하고 헌신적인 태도를 보였다.

얼마 지나지 않아 나는 과거에는 반다가 항상 내 의견을 따랐고 그런 방식이 그녀의 마음을 안정시켰지만 이제는 반대로 내가 그녀에게 의견을 맞춰줄 때만 마음을 놓는다는 사실을 깨달았다. 내가 반대 의견을 말할 때마다 반다는 위기의 신호라고 생각했고 긴장한 나머지 지레 지쳐서 그녀 쪽에서 먼저 모든 것을 포기하려 했다. 나는 차차 반다의 일에 관여하거나 내 일에 대해 이야기하지 않고 언제나 기분 좋게 동조하는 모습만 보이는 법을 익혔다.

반다와 화해한 후 2년 동안의 상황은 대략 이랬다. 힘든 시절이었다. 그러다 어느 순간 반다도 균형을 되찾았다. 반다는 내 수입이 많았는데도 자기만의 일을 가지고 싶다면서 회계사무실에 취업했다. 갈수록 여위고 초췌해졌지만 있는 힘껏 힘을 끌어 모아 집안일과 나와 아이들을 돌보는 일에도 최선을 다했다.

나도 실수를 하지 않으려고 애썼다. 나는 반다가 직장에서 누군가와 싸웠다고 하면 무심한 척 그녀의 말에 맞장구를 쳐주었고 반다가 가정부에게 횡포를 부리는 광경을 보면서도 입을 다물었다. 외부 모임이 있을 때마다 반다에게 같이 가달라고 부탁했다. 그럴 때면 반다는 기꺼이 따라가서 사람들을 면밀히 관찰했다가 집에 돌아오는 길에 명성을 누리는 남자들의 허영과 내게 지나친 친밀감을 나타내는 여자들을 완벽하게 해부했다. 반다는 여자들이 간드러지는 목소리로 예쁜 척하면서 하나같이 자기 자랑만 늘어놓는다고 했다. 반다는 모임에 참석했던 사람들을 조롱하며 나를 웃겼다.

유일하게 내 의견을 피력하기 위해 노력했던 부분은 아이들 교육 문제였다. 나는 반다가 아이들에게 지나치게 금욕적인 삶을 강요하는 것이 못마땅했다. 반다는 아이들에게 쓸데없는 물건은 절대 못 사게 했고 텔레비전도 조금밖에 못 보게 했고 음악도 마음껏 못 듣게 했다. 저녁에 외출하는 것도 거의 허락해주지 않고 공부만 강요했다.

산드로와 안나의 시선이 내 어깨를 짓눌렀다. 두 아이는 돌아가면서 이런저런 이유로 자신들을 위해 아버지로서 권위를 보여달라는 무언의 요청을 했다. 애당초 내가 집에 돌아온 이유도 아이들 때문이었기에 처음에는 아버지 노릇을 해야겠다고, 이 일만큼은 내가 나서야겠다고 생각했고 실제로 그렇게 했다.

특히 아이들이 반다가 만든 규칙을 어겼을 때 그랬다. 그럴 때면 반다는 차분하기 그지없는 태도로 특유의 철옹성 같은 논리 구조 속에 아이들을 옭아맸고 대화를 핑계로 아이들을 필요 이상으로 오래 붙잡고 늘어졌다. 보다 못해 중재에 나설 요량으로 조심스레 내 의견을 말하면 반다는 입을 다물고 내가 말하도록 내버려 두었고 아이들의 표정은 이내 밝아졌다. 안나는 내게 고마운 눈빛을 던지기까지 했다.

하지만 그게 다였다. 잠시 후 반다는 내 말을 듣지 못했거나 아니면 내 말에 대답할 가치도 없다는 듯이, 더 심하게는 나를 없는 사람 취급하고 처음부터 다시 시작했다. 반다는 전보다 더 물 샐 틈 없는 논리로 아이들을 옥죄면서 중간중간 아이들에게 묻곤 했다.

"너희들 생각을 편하게 말해봐. 내 말이 맞아, 틀려?"

그런 상황이 몇 번 반복되자 한번은 발끈하며 내게 차갑게 말했다.

"지금 누가 말하고 있어? 나야 아니면 당신이야?"

"당신이지."

"그럼 자리 좀 비켜줘. 내 아이들과 이야기를 해야겠어."

나는 아내의 말에 순종함으로써 아이들을 실망시켰다. 반다는 한참 동안 내게 차갑게 굴더니 밤이 되자 본격적으로 싸움을 벌였다.

"내가 엄마 자격이 없는 것 같아?"

"내 말은 그게 아니잖아."

"아이들이 리디아처럼 됐으면 좋겠어?"

"지금 리디아가 무슨 상관이야?"

"당신 이상형은 리디아잖아."

"그만둬."

"아이들을 리디아처럼 키우고 싶은 거면 난 못 하겠으니 셋 다 그년한테 가버려."

결국 나는 물러섰다. 반다가 울면서 고함을 치고 예전처럼 나락으로 떨어지는 것을 원치 않았다. 반다의 상처는 여전했다. 절대로 사라지지 않았다. 그날 이후 나는 반다가 질문 공세를 퍼부으며 아이들을 괴롭힐 때 모르는 척하기 시작했다. 반다는 아이들이 그녀가 던지는 수많은 질문에 언제나 진실되고 일관되게 대답하기를 강요했다. 어느덧 산드로와 안나는 나를 불신에 가득 찬 눈으로 바라보았다. 아이들은 처음에 이렇게 생각했을 것이다.

'저 남자는 대체 뭐 하는 사람이지? 도대체 무슨 생각을 하고 있는 거야? 언제 우리를 구해줄 생각이지? 대체 언제쯤 엄마한테 이제 그만하라고, 아이들을 그냥 내버려 두라고 소리를 지를 셈이지?'

하지만 시간이 지나자 아이들은 그런 의문조차 가지지 않게 됐다. 아이들도 우리 가족의 균형을 이해한 것이리라. 말은 안 했지만 반다의 입안에서는 항상 '당신은 평생 무조건적으로 나를 다시 받아들였다는 사실을 증명해야 해.

그러기 싫으면 저기 현관문이 있으니 당장 꺼져버려!'라는
말이 맴돌고 있었다. 우리 사이에 새롭게 형성된 균형은 그
런 반다의 말에 내가 '소리 지를 테면 얼마든지 소리 질러
봐. 당신이 자살을 하든 당신 아이들을 죽여버리든 상관 안
해. 당신이라는 여자를 도저히 못 참겠어. 이제 그만 떠날
테야'라고 대답하지 않는 이상 바뀔 수 없었는데 나는 결
국 그렇게 하지 못했다. 사실 이미 한 번 해봤지만 소용없
지 않았던가.

　이렇게 몇 년이 지나는 동안 우리 가족은 사회적으로 부
유해졌고 존경받게 되었다. 내가 마련한 약간의 자금에 반
다가 그녀답게 악착같이 모아놓은 돈을 합쳐서 우리는 테
베레강 근처에 지금의 집을 샀다. 그새 산드로가 대학을 졸
업했고 안나도 오빠 뒤를 따랐다. 둘 다 힘들게 직장을 구
했다 그만두기를 밥 먹듯이 했다. 두 아이는 끊임없이 우리
부부에게 손을 벌렸고 무분별한 삶을 살았다. 산드로는 사
랑하는 모든 여자와 아이를 만들었고 덕분에 지금은 아이
가 넷이나 된다. 산드로는 아이들 일이라면 모든 희생을 감
내했고 아이들을 세상에서 가장 중요하게 여겼다.

반면 안나는 출산이야말로 인류가 행하는 수많은 야만적인 행위 중 하나라며 출산을 거부했다. 안나는 출산은 인간에게 남겨진 동물의 흔적이라고 했다. 가끔 둘 다 말도 안 되는 부탁을 할 때가 있었지만 내게는 하지 않았다. 아이들은 모든 일에 대한 결정권이 엄마에게 있다는 사실을 너무나 잘 알고 있었다. 아이들에게 나는 집 안을 배회하는 벙어리에 가까운 무해한 유령이었다.

　사실이 그렇다. 내 진짜 삶은 가족의 범주 밖에 있었다. 식구들과 있을 때면 나는 그림자 사나이였다. 반다가 내 친구들과 내 친척들을 초대해서 요란스레 내 생일파티를 열어줄 때조차 나는 침묵했다. 이제 반다와 나는 다투지 않았다. 공적인 자리에서나 사적인 자리에서나 나는 언제나 입을 꾹 다물고 있거나 건성으로 즐거운 표정을 지어 보이며 그저 고개만 끄덕였다. 반다는 겉으로는 다정했지만 은근히 부정적인 말투로 비아냥거렸다.

　그렇다. 반다의 말투에는 항상 조롱과 비아냥거림이 느껴졌고 당근과 채찍을 아슬아슬하게 오갔다. 말실수를 하거나 행여 눈을 잘못 마주치기라도 하면 가혹한 말로 마음을 상하게 했다. 그러면 내 안에 있는 무엇인가가 그녀를 피해 도망가버렸다. 반다는 내 능력이나 내 공적에 대해서는 아무 말도 하지 않았다. 종종 나를 비롯해 아이들과 가정부와 친구들과 손님들에게 내가 좋은 남자이자 좋은 동반자이며 젊은 시절부터 재능이 뛰어났다는 사실을 은근히 자랑할 때도 있었지만 내가 하는 일이나 내가 거둔 성공에 대해서 열렬한 반응을 보인 적은 한 번도 없었다. 가끔 뜨뜻미지근하게나마 내게 고마움을 표시할 때가 있기는 했지만 그마저도 내 덕분에 우리 삶이 어느 정도 윤택해졌다는 사실을 강조하기 위해서였다.

한번은 이런 일도 있었다. 아마도 15년 전쯤에 일어난 일이었던 것 같다. 여름휴가 중에 해변을 산책하다가 반다가 불현듯 평소와 비슷하지만 사뭇 더 진지한 투로 내게 말했다.

"우리 둘에 대한 기억이 하나도 없어."

나는 용기를 내어 물었다.

"언제 적 기억 말이야?"

"평생의 기억 말이야. 우리가 처음 만났을 때부터 지금

190

이 순간 그리고 우리가 죽는 그 순간까지의 기억."

나는 일부러 반다의 말에 대꾸하지 않았다. 말이 안 되는 시간 개념에 대해서도 농담 한마디 하지 않았다. 때마침 물속에서 반짝이는 물건이 나를 곤경에서 구해줬다. 100리라짜리 동전이었다. 나는 반다를 기쁘게 해줄 마음으로 동전을 주워서 그녀에게 건넸다. 반다는 동전을 꼼꼼하게 살피더니 다시 바다에 던져버렸다.

11

그 후로 나는 종종 그때 반다가 했던 말을 떠올리곤 했다. 가끔은 아무런 의미가 없는 것 같았지만 가끔은 모든 것을 의미하는 것 같았다. 나도 반다도 침묵의 기술을 잘 알고 있었다. 수년 전 결혼 생활의 위기를 겪은 후 우리는 함께 살기 위해서는 훨씬 더 많이 침묵해야 한다는 사실을 깨달았다.

실제로 이 방법은 효과가 있었다. 반다가 어떤 말을 하거나 무언가 행동에 옮길 때면 거의 항상 무엇인가를 숨기

고 있다는 의미였다. 반면에 나의 지속적인 동의는 이미 수
년 전부터 우리 부부가 감정적으로 공유하는 것이 단 하나
도 없다는 사실을 감추기 위함이었다. 1975년 잔혹할 정도
로 적나라하게 속마음을 까발리며 싸우면서 반다는 이렇
게 소리 질렀다.

"당신은 내가 당신 인생에서 사라지기를 바라는 거야?
그래서 결혼반지도 잘라버린 거야?"

내가 무의식적으로 고개를 끄덕이자—당시 나는 내 한
몸조차 제대로 통제하지 못하는 상태였다—반다는 약지에
서 결혼반지를 빼서 던져버렸다. 금색 동그라미는 벽에 맞
고 튕겨 나가 가스레인지에서 미끄러져 내려와 바닥에 떨
어진 뒤 마치 살아 있는 생물처럼 떼굴떼굴 가구 밑으로
굴러 들어갔다. 그로부터 5년 후 내가 완전히 돌아왔다고
확신하게 되었을 때 반다의 약지에 결혼반지가 다시 나타
났다. 마치 '나는 다시 당신에게 구속됐는데 당신은 어때?'
라고 묻는 것 같았다. 그 침묵의 질문은 강압적이었고 즉각
적인 대답을 강요했다. 똑같이 침묵으로 응수하든 목이 터
져라 소리를 지르든 말이다.

나는 며칠 동안 버텨보았다. 하지만 시간이 갈수록 반다가 더 신경질적으로 약지에 낀 반지를 손가락으로 돌리는 것이 눈에 너무 확연히 보였다. 나는 내 의지를 증명하려면 정절을 약속해야 한다는 것을 깨달았다. 나는 금은방을 찾아가 손가락에 금색 동그라미를 꿰차고 집에 돌아왔다. 반지 안쪽에 우리가 화해한 날짜를 새겼다. 반다는 반지를 보고 아무 말도 하지 않았고 나도 마찬가지였다. 하지만 결혼반지까지 다시 맞췄음에도 재결합한 지 얼마 되지 않아 내게는 새 애인이 생겼고—집에 돌아온 지 불과 3개월 만에 일어난 일이었다—나는 불과 몇 년 전까지 끈질기게 바람을 피웠다.

내가 왜 그랬는지는 잘 모르겠다. 분명 여성을 유혹하면서 느끼는 만족감과 성적인 호기심은 물론 여자들을 꼬드길 때마다 사라진 창의력이 되살아나는 것 같은 근거 없는 느낌도 어느 정도 영향이 있었을 것이다. 하지만 나는 그보다는 모호하지만 진실에 가까운 이유가 더 마음에 든다. 비록 반다와의 관계를 회복하고 가족의 품으로 돌아와 약지에 결혼반지를 다시 끼기는 했지만 나는 여전히 자유로운

존재이며 진정한 관계는 맺지 않는다는 사실을 나 스스로
에게 증명하고자 했던 것이다.

그런 식으로 증명하기 위해 바람을 피우면서 나는 항상
신중을 기했다. 내게 몸을 허락하는 여자들에게 적당한 때
가 오면 나는 이렇게 말했다.

"나는 당신을 원합니다. 하지만 우리의 우정을 오랫동안
유지하기 위해서 분명히 해둘 것이 있어요. 나는 유부남이
고 이미 아내와 아이들에게 참기 힘든 고통을 줬어요. 또다
시 가족을 아프게 할 수는 없어요. 그러니 우리는 짧은 기
간에 서로 최대한 조심하면서 즐기는 사이 이상으로는 발
전할 수 없어요. 그래도 괜찮다면 진도를 나가고 그렇지 않
으면 지금 멈추죠."

내가 그렇게 말할 때 기분 나쁘게 대답하는 여자는 한
명도 없었다. 그만큼 시대가 변한 것이다. 현대 사회는 결
혼을 했든 안 했든 여자도 남자처럼 쾌락 앞에 망설이지
않기를 종용하고 있었다. 처녀들은 이런저런 핑계를 대면
서 뒤로 빼는 것을 구시대적이라고 여겼고 결혼해서 자식
을 둔 여자들도 간통을 하찮게 생각하거나 아니면 단순히

여자를 복종시키기 위해 남자들이 만들어낸 속임수 정도로 여겼다. 그 결과 여자들은 평생의 사랑을 기다리는 대신 자신들의 욕망을 드러냈고 내가 그런 말을 하면 짜릿한 이야기라도 듣는 것처럼 재미있어 했다.

여자들이 내 조건에 동의하면 나는 그 여자들과 바람을 피웠다. 상대방에게 푹 빠져서 과거와 비슷한 상황이 벌어질 뻔했던 적은 거의 없었다. 그런 경우에는 대부분 상대방이 먼저 그만 만나자고 했다. 그럴 때면 과거 리디아에게서 받은 상처가 되살아나 몇 주나 몇 달 동안은 죽을 것 같았다.

하지만 나는 죽지 않았다. 또다시 절망에 빠지지 않도록 나를 구해준 것은 다름 아닌 마음속을 맴도는 리디아의 유령이었다. 다른 여자 때문에 이성을 잃지 않은 것은 내가 여전히 리디아에게서 벗어나지 못했기 때문이었다. 나는 단 한순간도 리디아를 잊어본 적이 없다. 리디아를 생각하면 여전히 마음이 아팠다. 그렇기 때문에 나는 매년 어떻게 해서든 리디아를 만날 방법을 강구해냈다. 나는 리디아의 종적을 열심히 쫓았다. 리디아는 아직 대학에서 학생들을 가르치고 있었고 곧 은퇴를 앞두고 있었다.

리디아는 특히 요즘처럼 빈곤하고 취업률이 높은 시대에 인정받는 경제학자로 신문에 기고도 했다. 리디아는 30년 전 꽤 저명한 작가와 결혼했다. 살아생전에는 어느 정도의 명성을 누리다가 세상을 떠나는 순간 아무도 그의 글을 읽지 않는 부류의 작가 말이다. 리디아의 결혼은 성공적이었다. 아들 셋은 다 커서 급여가 높은 전문직에 종사하며 외국에 나가 살고 있었다. 나는 리디아가 잘 돼서 좋았다. 리디아가 행복한 삶을 살았다는 것은 감사한 일이다.

나와 만날 때면 리디아는 항상 자기 이야기를 많이 한다. 처음에 리디아는 나를 만나주지 않았다. 하지만 나는 그런 리디아네 집 현관 앞에서 그녀를 기다렸고 멀리서 리디아를 훔쳐봤다. 리디아의 우아한 자태와 멋스럽게 색상을 맞춰 입은 옷매무새는 여전히 나를 매혹시켰다.

세월이 어느 정도 흐르자 결국 리디아도 마음을 열었고 우리는 주기적으로 만나게 되었다. 우리의 만남은 거의 연례행사였지만 지금도 그녀를 보면 여전히 가슴이 뛴다. 우리의 만남은 순수했다. 과거에도 그랬고 지금도 마찬가지다. 주로 내가 리디아의 말을 들어주는 편이다. 시간이 지남에 따라 리디아는 나보다 더 충만한 삶을 살았지만 요즘에 와서는 리디아도 일에 대한 만족감이 덜한지 자기 이야기보다는 한참 동안 다정스레 자식 칭찬을 늘어놓는다.

리디아의 남편도 우리 관계를 알고 있다. 눈치를 보아하니 리디아는 불만 가득한 노인네의 불평까지 미주알고주알 자기 남편에게 말하는 것 같다. 평생 산드로와 안나가 내게 안겨준 실망감까지도 말이다.

반면 반다는 나로 하여금 먼 옛날 자신의 곁을 떠나게 만들었던 여인과 평생 연락을 끊지 않았다는 사실을 까맣게 모르고 있다. 그 사실을 알게 되면 무슨 일이 일어날지 떠올리고 싶지 않다. 지난 40년 동안 리디아라는 이름은 절대로 입에 담아서는 안 될 이름이었다. 나는 반다가 내 정부들의 이름이 적힌 명단은 눈감아줄망정 내가 지금도 리디아와 연락을 하고 있고 만나고 있으며 여전히 그녀를 사랑한다는 사실은 도저히 못 참을 것이라고 확신한다.

3장

1

　나는 화들짝 놀라 잠에서 깼다. 눈을 떠보니 여전히 서
재였다. 나는 반다의 편지 위에 모로 누워 있었다. 전등이
켜져 있었지만 이미 창문 셔터 틈새로 들어오는 분홍색 빛
줄기를 통해 아침이 밝아오고 있었다. 40년 전의 분노와
애원과 눈물 위에 누워 잠이 들었던 것이다.

　나는 몸을 일으켰다. 등과 목과 오른손에 통증이 느껴졌
다. 일어나려 했지만 몸이 말을 듣지 않아 네 발로 엎드린
자세에서 책장을 잡고 끙 소리를 내면서 몸을 일으켰다. 마
음이 아파 가슴이 아렸다. 방금 꾼 꿈 때문이었다. 좀처럼
꿈에서 헤어나올 수 없었다. 무슨 꿈이었더라?

꿈속에서도 서재는 엉망이 되어 있었다. 리디아는 바닥에 흩어진 책 사이에 누워 있었다. 그녀는 과거 모습 그대로였다. 리디아를 바라보고 있자니 내가 더 늙은 것 같아 기쁘기는커녕 마음이 더 안 좋았다.

우리 집은 통째로 로마를 벗어나고 있었다. 운하를 지나는 배처럼 살짝 흔들리면서 느릿느릿 나아가고 있었다. 처음에는 집의 움직임이 정상적으로 느껴졌지만 얼마 지나지 않아 뭔가 이상하다는 것을 깨달았다. 집이 통째로 베니스를 향하고 있었는데 놀랍게도 일부는 로마에 남아 있었다. 나와 리디아를 포함해 소소한 부분까지 똑같이 생긴 서재가 두 개 있었는데 하나는 움직이지 않고 집에서 떨어져 나와 제자리에 머물러 있었고 다른 하나는 건물 전체와 함께 나아가고 있었다.

나는 어떻게 그럴 수 있는지 이해할 수 없었다. 자세히 보니 나와 함께 베니스로 가고 있는 여자는 리디아가 아니었다. 저주파 자극기를 가져다준 바로 그 여자였다. 그 사실을 깨닫는 순간 나는 너무 놀라서 숨을 쉴 수 없었다.

시계를 보니 5시 20분이었다. 오른쪽 다리가 아파왔다.

나는 셔터를 힘겹게 올린 후 신선한 공기를 마시고 잠에서 깨기 위해 문을 열고 발코니로 나갔다. 새들의 노랫소리가 끈질기게 들려왔다. 건물 틈 사이로 사각의 창백한 하늘이 보였다. 나는 생각했다.

'반다가 일어나기 전에 편지들을 치워버려야겠어.'

반다가 과거에 자기가 썼던 편지들이 여태껏 집에 남아 있었고 도둑놈들이 그 편지들을 찾아냈으며 내가 바닥에 떨어진 편지를 발견해서 읽었다는 사실을 알게 되면 좋아할 리 없었다.

나는 예전에 읽었던 편지를 다시 읽은 것이 아니라 그날 저녁 처음 본 것처럼 편지를 읽었다. 아마 반다는 자기가 그런 편지를 썼다는 사실조차 기억하지 못할 것이다. 편지를 보게 되면 그녀는 화를 낼 것이다. 사실 그럴 만도 했다. 자기가 비정상적인 상태에서 탄생한 단어들이 갑작스럽게 다시 등장한다면 그녀는 견디기 힘들 것이다. 그것은 지나간 시절, 다른 문화에 속하는 언어였다. 그 문장들은 이성을 잃었던 시절의 반다를 상징했다. 이제는 반다의 것이 아닌 목소리의 흔적이었다. 나는 급히 서재로 돌아가 편지들을 쓸어모아 쓰레기통에 버렸다.

그런 다음 나는 이제 무엇을 해야 할지 고민했다. 커피나 끓일까? 잠에서 깨게 샤워라도 할까? 반다가 보면 마음 상할 다른 서류들이 나돌아다니지 않는지 확인해야 하나? 나는 서재를 훑어보았다. 바닥과 가구와 쓰레기봉투와 내려앉은 선반과 천장을 차례로 훑어보았다. 프라하에서 산 큐브에 시선이 멈췄다. 내 비밀을 간직하고 있는 그 큐브 말이다. 큐브는 선반 바깥으로 너무 많이 튀어나와 있어서 떨어질 것 같았다. 선반 안쪽으로 밀어 넣어야 할 것 같았다. 하지만 그러기 전에 나는 먼저 반다가 아직 자고 있는지 확인하기 위해 귀를 쫑긋 세웠다.

새소리가 다른 모든 소리를 압도할 만큼 커서 나는 손잡이 돌아가는 소리가 나지 않도록 조심하면서 차례로 문을 열고 까치발로 침실에 들어갔다. 희미한 어둠 속에 얼핏 반다의 모습이 보였다. 자그마한 노년의 부인이 입을 살짝 벌리고 새근새근 잠들어 있었다. 반다는 꿈을 꾸며 꿈속에서 어떤 감정을 느끼고 있는 것 같았다. 평생 나와 아이들과 그녀를 둘러싼 세상에서 자신을 보호하기 위해 세워놓은 논리를 접어둔 채 자기 스스로에게 승복한 것 같았다. 하지만 나는 반다의 내적 갈등에 대해서는 아는 바가 없었다. 지금도 그렇고 앞으로도 그럴 것이다. 나는 그녀의 이마에 입을 맞췄다. 반다는 잠시 호흡을 멈췄다 다시 내쉬었다.

나는 들어올 때와 마찬가지로 조심스럽게 차례로 문을 닫고 서재로 돌아왔다. 철제 사다리를 타고 올라가 파란 큐브 한쪽 면을 세게 눌렀다. 큐브는 텅 비어 있었다.

2

프라하에서 산 큐브는 지난 수십 년간 1976년에서 1978년 사이에 찍은 스무 장 남짓한 폴라로이드 사진을 간직하고 있었다. 폴라로이드 사진기를 산 것은 나였다. 그 시절 나는 틈만 나면 리디아의 사진을 찍었다. 일반 사진기로 사진을 찍으면 사진을 직접 인화할 수 없고 사진관에 가서 자신의 사생활을 타인에게 노출해야 했지만 폴라로이드 사진기로 사진을 찍으면 바로 인화할 수 있었다.

리디아가 그 기적 같은 현상을 나와 함께 보기 위해 내 곁으로 오는 동안 사진기가 뱉어낸 그 작은 사각형 인화지에는 벌써 그녀의 가녀린 몸매가 짙은 안개 속에서 윤곽을 드러내기 시작했다. 그 시절 나는 폴라로이드 사진을 많이 찍어두었고 아내 곁으로 돌아갈 때 리디아와 함께 내 삶의 기쁨까지 같이 찍힌 것 같은 느낌이 들었던 사진을 몇 장 챙겼다. 그중 적지 않은 사진에서 리디아는 알몸이었다.

나는 잠시 멍한 상태로 사다리 위에 서 있었다. 이유는 알 수 없지만 갑자기 밤새도록 한 번도 생각하지 않았던 라베스가 생각났다. 젊은 경찰은 웃으면서 라베스가 여자 친구를 만나러 갔을 거라고 했다. 사람들은 섹스 이야기를 할 때 언제나 낄낄거린다. 섹스가 불화의 원인이고 섹스 때문에 불행해지고 섹스가 폭력을 부르고 사람들을 불행하게 만들거나 죽음으로까지 내몰 수 있다는 사실을 알면서도. 내가 집을 나왔다는 소문을 듣고 얼마나 많은 친구들과 지인들이 미소를 짓거나 웃음을 터뜨렸을까.

그들은 "알도가 재미 좀 보나 보네"라고 쑥덕이며 즐거워했을 것이다. 나다르와 나와 경찰관이 라베스의 에로틱한 방랑기를 상상하며 즐거워했던 것처럼 말이다. 나는 집으로 돌아왔지만 라베스는 아니다. 라베스는 아직 돌아오지 않았다. 아직도 고양이 울음소리가 들리지 않았다. 새가 지저귀는 소리만 들릴 뿐이었다.

반다 생각이 났다. 경찰서에서 반다는 나를 짜증스럽게 바라보았다. 경찰의 말에 웃지도 않았다. 반다는 누군가가 라베스를 가둬놓고 있다고 확신했다. 언젠가는 도둑놈들이 라베스를 돌려주는 대가로 몸값을 요구해올 거라 믿었다. 하지만 경찰서에 있던 남자 중 노부인의 주장을 심각하게 받아들이는 사람은 아무도 없었다. 젊은 경찰은 더했다.

"집시들은 몸값을 받으려고 고양이를 납치하지 않아요."

'집시들은 그런 짓을 하지 않지.'

나는 사다리 꼭대기에 서서 생각했다. 갑자기 왜 라베스 생각이 떠올랐는지 깨달았다. 사진과 고양이는 성애와 실종이라는 공통점이 있었다. 도둑놈들은 도시의 젊은 애들도 아니고 싸구려 장신구나 훔치려고 집에 침입한 것도 아니었다. 집주인의 약점을 찾기 위해 집을 엉망으로 만들어놓고는 연락을 해서 돈을 뜯어내는 놈들인 것이다.

저주파 자극기를 가져다준 젊은 여자가 고양이에게 관

심을 보였던 일이 생각났다. 책과 장식품과 파란색 큐브를 재빨리 훑던 여자의 반짝이는 눈빛도 생각났다. 여자는 특히 파란색 큐브에 눈독을 들였다. 눈에 잘 띄지 않는 높은 곳에 있었는데도 말이다. 여자는 큐브 색깔이 정말 예쁘다고 했다. 그런 일에 숙달된 안목이 있었다. 나는 분노가 치밀어 올랐지만 애써 마음을 진정했다. 내 나이가 되면 의심은 그럴듯한 가정이 되고 그럴듯한 가정은 절대적인 확신이 되고 절대적인 확신은 집착이 될 확률이 높아진다.

나는 한 칸 한 칸 발을 디디며 조심스럽게 사다리에서 내려왔다. 저주파 자극기를 가져다준 여자에 대한 가설 때문에 생각이 엉뚱한 방향으로 흘러갈 수 있다. 결론을 짓기 전에 먼저 그보다 더 명백하고 당장 위험을 초래할 만한 일이 일어난 것은 아닌지 검증해야 했다. 나는 저주파 자극기 배달부 생각을 지워버리려고 일부러 도둑들이라는 일반 명사를 선택했다. 큐브를 찾아서 열어본 도둑놈들은 자기들끼리 한바탕 낄낄대고 나서는 사진을 다락과 선반에서 떨어진 다른 수많은 물건 사이에 던져버렸을 것이다. 그것이야말로 정말 일어났을 법한 일이었다. 만약 그렇다면

서재뿐만 아니라 모든 방을 확인해야 했다. 아내에게 폴라로이드 사진을 발견하게 할 수는 없다.

그것은 재난의 시작이 될 것이다. 이렇게 다 늙고 쇠약해져서 그 어느 때보다 서로의 도움이 필요할 때에 서로를 못 잡아먹어서 안달하게 된다면 지난 수년간 침묵하고 매사에 신중하고 꾸준하게 감정을 조절해온 것이 무슨 소용이 있단 말인가. 나는 지난밤 그 사진들을 눈앞에 두고서도 미처 눈치채지 못했기를 기원하며 집 안 구석구석을 세심히 점검하고 책장 앞에 쌓아놓은 물건 더미를 뒤졌다.

하지만 집 안을 뒤지면 뒤질수록 집중이 되지 않았다. 자꾸만 리디아와 행복했던 시절이 생각났다. 나는 사진을 찾으면 반다의 편지처럼 쓰레기통에 버려야겠다고 생각했다. 하지만 막상 사진들이 영원히 사라진다고 생각하니 견딜 수가 없었다. 혼자 있을 때 이따금 꺼내 보면서 흐뭇해하고 위안을 받고 감회에 젖으면서 잠깐이나마 내 인생에서 즐거웠던 때가 있었다는 사실을 되새길 수 없다는 생각에 더더욱 견딜 수 없었다. 이미 오래전부터 그때의 기쁨과 독기라고는 전혀 없는 리디아의 가벼운 숨결이 노년의 환

상처럼 느껴졌다. 지금도 산소 부족 때문에 뇌가 만들어낸 망상 같은데 사진마저 없으면 어떻게 될까.

나는 광기와 무기력이라는 모순적인 감정을 동시에 느끼면서 집 안을 뒤졌다. 서재와 거실에는 사진이 없는 것이 확실했다. 그럼 대체 사진은 어디로 간 걸까? 얼마 뒤면 반다가 일어나 나보다 더 효율적으로 집 안을 정리하기 시작할 것이다. 반다의 시선은 잡생각에 빠져 흐릿해지는 법 없이 늘 예리했다. 사진이 우리 침실이나 예전에 산드로와 안나가 쓰던 방까지 흘러 들어갔을 수도 있다. 만약 반다가 그 사진들을 발견한다면 그녀는 내가 평생 리디아를 잊지 못했다는 사실을 알게 될 것이다. 내가 보는 앞에서 늙어갈 수밖에 없었던 그녀와 달리 리디아는 수십 년 동안 변치 않는 젊음을 유지하고 있다는 사실을 알게 될 터였다.

그뿐만이 아니다. 반다를 진정시키려면 그 사진들을 그녀가 보는 앞에서 없애야 할 것이다. 마지막으로 한 번 훑어볼 겨를도 없이 가스레인지에 태워버려야 할 것이다.

나는 이번에도 손잡이 소리가 나지 않도록 조용히 문을 열고 안나 방으로 갔다. 그곳 역시 엉망이었다. 나는 엽서

와 신문 스크랩 수백 장, 영화배우와 가수 사진, 다채로운
색상의 그림, 잉크가 나오지 않는 볼펜과 자, 제도용 T자
등 온갖 잡동사니를 뒤지기 시작했다. 그러다 갑자기 침실
문 열리는 소리와 함께 반다의 발소리가 들려왔다.

파리한 얼굴에 눈이 퉁퉁 부은 반다가 문간에 모습을 나
타냈다.

"당신 라베스 찾았어?"

"아니. 그랬으면 바로 깨웠겠지."

"잠은?"

"조금밖에 못 잤어."

3

우리는 함께 아침 식사를 했다. 평소처럼 대화는 거의 나
누지 않았다. 조금 더 누워 있으라고 권해봤지만 반다는 싫
다고 했다. 반다가 욕실에 들어가자 나는 안도의 한숨을 내
쉬고 황급히 산드로 방을 뒤지기 시작했다. 하지만 시간이
부족했다. 반다는 20분 만에 다시 모습을 드러냈는데 아직

머리가 축축한 데다 표정도 암울했지만 바닥부터 천장까지 정리를 하기 위해 집을 한 번 뒤집어엎을 태세였다.

"뭘 찾고 있어?"

반다가 미심쩍은 듯 물었다.

"찾는 게 아니야. 정리하고 있는 거지."

"아닌 것 같은데?"

반다는 내가 집을 정리하는 데 방해가 된다고 생각했다. 평소에도 반다는 내 도움을 탐탁지 않게 여겼다. 내 도움을 받지 않고 혼자서 일을 처리하는 것이 더 빠르고 정확하다고 생각했다. 나는 화가 나서 반다에게 쏘아붙였다.

"내가 거실이랑 서재 정리해놓은 거 봤어?"

반다는 거실과 서재를 보고 불만 가득한 얼굴로 돌아왔다.

"필요한 물건까지 버린 거 아니지?"

"완전히 못 쓰게 된 물건만 버렸어."

반다는 못 미더운 듯 고개를 가로저었다. 나는 행여나 반다가 쓰레기봉투를 뒤질까봐 두려웠다.

"날 좀 믿어봐."

내가 말했다.

"쓰레기봉투를 저기에 두면 좁아서 불편하니까 수거함에 버리고 와줘."

나는 반다의 말에 동요했다. 그녀를 집에 혼자 놔두고 싶지 않았기 때문이다. 반다를 쫓아다니다가 사진이 나오면 그녀가 보기 전에 치워놓을 계획이었다.

"그럼 당신도 좀 도와줘. 봉투가 너무 많잖아."

내가 말했다.

"몇 번 왔다 갔다 해. 한 사람은 집을 지켜야지."

"왜?"

"전화가 올 수도 있으니까."

반다는 여전히 도둑놈들이 연락해올 거라고 믿었다. 반다는 그들이 라베스를 돌려줄 거라고 생각했다. 나는 반다의 확신에 영향을 받아 다시 저주파 자극기를 가져다준 젊은 여자를 의심하기 시작했다. 만약 전화가 온다면 그 여자가 하겠지. 아니면 그녀의 잠정적 공모자인 가짜 가죽 재킷 사내에게서 전화가 올 수도 있다. 내가 말했다.

"전화가 와도 나랑 이야기하려고 할 텐데."

"아닐걸."

"보통 이런 경우에는 남자랑 말을 하려고 해."

"말도 안 돼."

"당신 정말 고양이를 위해 돈을 내줄 생각이야?"

"당신은 그놈들이 고양이를 죽이면 좋겠어?"

"그건 아니지."

머릿속에서 젊은 여자와 가죽 재킷 사내의 목소리가 맴돌았다. 그들의 비웃음소리가 들리는 듯했다. 그들은 이렇게 말할 것이다.

"고양이 몸값으로는 얼마를 줘요. 사진 값은 얼마고요. 싫다고요? 그렇다면 사진을 사모님 앞으로 보내드리죠."

물론 나는 이렇게 대답할 수 있다.

"사진 속 여인은 내 아내가 젊었을 때 모습이오."

하지만 그들은 코웃음을 치고 이렇게 대답할 것이다.

"그럼 사진을 고양이와 함께 사모님에게 보내도 아무 문제가 없겠군요."

그렇다. 그렇게 될 게 뻔하다. 나는 가능한 한 시간을 벌어보려고 한숨을 쉬면서 말했다.

"세상이 너무 험해졌어."

"언제는 안 그랬나."

"그래도 집은 안전했지."

"정말 그렇게 생각해?"

내가 입을 다물자 반다가 퉁명스레 쏘아붙였다.

"좀 서두르지 그래?"

나는 미처 못 봤던 유리 조각을 줍기 위해 허리를 구부리며 말했다.

"먼저 집 안 청소를 다 하고 나서 쓰레기를 한꺼번에 밑에 버리는 게 나을 것 같아."

"공간이 필요해서 그래. 지금 버려줘."

나는 쓰레기봉투를 몽땅 엘리베이터에 실었다. 쓰레기봉투를 다 싣고 나니 정작 내가 탈 공간이 없어서 걸어서 1층까지 내려간 다음 엘리베이터 버튼을 눌렀다. 그러자 엘리베이터가 아래로 내려왔다. 나는 쓰레기봉투를 쓰레기 수거함이 있는 곳까지 질질 끌고 갔다. 쓰레기봉투는 하나같이 거대하고 잔뜩 부풀어 있어서 종이 수거함에도, 유리 수거함에도, 플라스틱 수거함에도 들어가지 않았다. 애초에 쓰레기를 종류별로 구분해 담았어야 했다. 나는 포기

213

하고 나다르가 창문에서 내 모습을 훔쳐보고 있지 않기를
기원하며 봉투들을 그냥 아스팔트 바닥에 내버려 두었다.
그래도 가지런히 쌓아놓기는 했다.

　그새 더워져서 흐르는 땀을 닦아냈다. 나다르가 나를 보
고 있을지도 모른다는 생각은 다른 사람들도 나를 보고 있
을지 모른다는 생각으로 이어졌다. 도둑놈들이 전화로 연
락한다는 법이 어디 있단 말인가. 지금 이 순간에도 어딘가
에서 나를 지켜보고 있을지 모른다. 아직 텅 빈 거리에는
흑인 청년 혼자 드문드문 주차된 자동차에 기대어 있었다.
도둑놈 일당 중 한 명일 수도 있지 않을까? 나는 청년 쪽을
흘낏거리며 현관으로 돌아왔다. 심장이 빠르게 뛰고 온몸
이 찌뿌듯하고 목덜미가 당겼다.

　처음으로 산드로나 안나가 갑자기 나타나 나를 좀 도와
줬으면 좋겠다는 생각이 들었다. 아이들이 다 굳어가는 늙
은 피에서 나를 끌어올려 언제나처럼 다정하게 나를 놀려
주기를 바랐다.

　'아빠는 매사에 호들갑이에요. 어디든 음모나 위험이
도사리고 있다고 생각하죠. 아빠는 현실을 몰라요. 아직

도 10년 전에 아빠가 쓴 TV 드라마 같은 세상에서 살고 있죠.'

나는 불안한 마음으로 집에 돌아왔다. 반다를 살짝만 봐도 아내가 사진을 발견했는지 알 수 있을 터였다. 나는 행여나 반다가 사진을 발견했을 경우를 대비해 아내를 달랠 말까지 생각해두었다.

"이게 대체 어디에서 나온 거지? 나는 전혀 모르는 일이야. 갖다버릴 테니 이리 줘봐."

이번 기회에 대대적으로 정리를 좀 해야겠다고 이야기도 할 생각이었다. 이왕 이렇게 된 김에 필요 없는 물건을 아예 더 많이 버리자고 말할 생각이었다. 이렇게 이른 시간부터 일어나 작업에 착수하려는 것을 보니 그 점에 대해서는 반다도 나와 의견을 같이하는 것 같았다. 그런데 막상 거실에 가보니 반다는 일을 많이 하지 못한 것 같았다. 그녀는 잃어버린 것을 찾는 것처럼 방구석을 뒤지고 있었다. 내 인기척에 반다는 걸치고 있던 얇은 옷에 잡힌 주름을 손으로 펴면서 입술을 꾹 다물고 일어났다.

4

어느새 날이 몹시 무더워졌다. 나는 거실과 서재를 반다에게 맡기고 안나와 산드로가 쓰던 방을 정리하러 갔다. 편하게 사진을 찾으려고 내 마음대로 그렇게 하기로 결정했다. 반다가 나를 부르지 않고 조용하기에 잠시 후 나는 침실과 욕실까지 샅샅이 뒤졌다. 집 안 어디에도 사진이 없다는 사실을 확인한 다음 최악의 사태에 대비해야겠다고 마음 먹고 거실로 돌아가 보니 반다가 활짝 열린 발코니 문턱에 앉아서 바깥을 내다보고 있었다. 시간이 꽤 많이 지났는데도 반다는 아무것도 하지 않고 있었다. 거실은 내가 정리를 마쳤을 때의 상태 그대로였다.

"몸이 안 좋아?"

내가 물었다.

"전혀."

"무슨 일 있었어?"

"아니."

나는 최대한 다정한 목소리로 말했다.

"라베스는 다시 찾을 수 있을 거야."

그러자 반다가 고개를 돌려 나를 바라보았다.

"고양이 이름을 라베스라고 붙인 이유를 갑자기 왜 내게 알려주기로 한 거야?"

"나는 라베스 이름을 왜 그렇게 붙였는지 한 번도 숨긴 적이 없어. 집에서 키우는 짐승이어서 라베스라고 부르기로 한 건데 뭐가 문제야?"

"당신은 거짓말쟁이야. 젊었을 때도 그러더니 다 늙어서까지 거짓말을 하고 있어."

"무슨 말이야."

"다 알면서. 저기 바닥에 있는 라틴어 사전에 쓰여 있잖아."

나는 반다에게 대꾸하지 않았다. 반다는 분풀이를 하고 싶으면 항상 사소한 일로 꼬투리를 잡았다. 나는 반다가 힘없이 손을 들어 가리키는 쪽으로 걸어갔다. 바닥에 비교적 상태가 좋은 책들과 함께 라틴어 사전이 펼쳐져 있었다. 펼쳐진 페이지에는 우연히도 16년 전 내가 우리 집 고양이에게 지어준 이름이 쓰여 있었다. 처음에는 반다가 대수롭지 않게 그냥 하는 말이라고 생각했다.

반다는 평소처럼 비아냥거리는 기색도 없이 다시 발코니 난간 너머를 바라보았다. 그녀는 목소리가 단어를 연결하기 위한 수단일 뿐 단어의 의미와는 전혀 관계없는 것처럼 감정 없이 읊조렸다.

"사전이 L자 페이지에 펼쳐져 있고 라베스라는 단어와 그 뜻에 줄이 그어져 있더라. 몰락, 함몰, 붕괴, 파괴. 당신의 그 잘난 장난 중 하나였나봐. 내가 다정하게 고양이를 부를 때마다 당신은 나 몰래 그 이름을 들으면서 웃고 있었던 거야. 그 이름이 지닌 온갖 끔찍한 의미가 집 안에 울려 퍼지는 소리를 말이야. 당신은 나에게 재앙, 불행, 추잡함, 파렴치함, 수치심이라는 말을 입에 담게 만들었어. 수치심 말이야.

당신은 항상 이런 식이었지. 다정한 척하면서도 악감정을 우회적으로 돌려서 나타냈어. 당신이 그런 인간이라는 것을 언제 깨달았는지는 잘 모르겠어. 당신을 안 지 얼마 되지 않아 바로 알아챘던 것 같아. 이미 결혼 전에 눈치챘었는지도 몰라. 그런데도 나는 당신에게 사로잡혔어. 그때는 나도 어렸으니까. 나는 당신에게 이끌렸어. 이끌림이란 것이 우연의 산물일 뿐이라는 것도 모르고 말이야.

나는 수년 동안 행복하지도 불행하지도 않았어. 나중에야 다른 남자에게 호기심이 생길 수 있다는 사실을 깨달았지. 더도 덜도 말고 딱 당신에게 관심이 갔던 만큼 말이야. 나는 혼란에 빠져 주위를 둘러보았어. 마음만 먹으면 애인을 만들 수 있을 것 같았지. 비가 내리는 것과 똑같아. 빗방울 하나하나가 우연히 부딪혀 결국에는 작은 도랑이 만들어지지. 첫 만남의 호기심을 깊이 파고들면 호기심이 이끌림이 되고 이끌림이 커져서 결국은 섹스까지 하게 되는 거야. 한 번 섹스를 하면 또 하게 되고 반복은 필요와 습관으로 이어지지.

하지만 나는 평생 당신만을 사랑해야 한다는 생각에 시선을 다른 곳으로 돌렸어. 아이들의 투정이나 받아주면서 살았지. 정말 바보 같은 짓이었어. 설사 한때 내가 당신을 진심으로 사랑했다고 할지라도 그 사랑은 얼마 못 갔어. 사실 지금 생각해보면 내가 정말 당신을 사랑했었나 싶어. 사랑은 커다란 용기 같아서 우리는 그 안에 뭐든 다 집어넣어 버리지.

확실한 것은 내게 당신은 특별한 존재도 애절한 존재도 아니었다는 사실이야. 당신 덕에 완전한 성인이 되기는 했지. 당신과 부부로서 함께 생활하고 섹스하고 아이들을 낳으면서 말이야. 당신이 내 곁을 떠났을 때 내가 힘들었던 이유는 무엇보다 내가 당신 때문에 감내한 희생이 부질없어졌기 때문이었어. 당신을 집에 다시 받아들인 것도 오직 당신이 내게서 빼앗아간 것을 되돌려받기 위해서였지.

하지만 나는 얼마 지나지 않아 감성과 욕망과 섹스와 감정이 이미 실뭉치처럼 뒤엉켜버려서 내가 돌려받아야 할 것이 무엇인지 판단하는 것은 어려운 일이라는 것을 깨달았어. 그래서 당신을 다시 리디아에게 돌려보내기 위해 무진 애를 썼지. 당신이 과거를 뉘우치고 평생 나만 바라보고 살 거라고는 생각지도 못했어. 당신이 나를 속였던 시절을 생각하지 않은 날이 하루도 없었지. 당신은 내게 아무런 감정도 느끼지 못했어. 생면부지의 타인이라 할지라도 사람이 괴로워서 죽으려고 할 때 손 놓고 쳐다보고만 있지 못하게 만드는, 인간이라면 응당 지녀야 할 친밀함과 연민의 감정조차 보여주지 않았지.

당신은 모든 수단과 방법을 동원해 리디아를 사랑한다는 사실을 증명하려 했어. 나를 사랑하지 않았다는 사실을 말이야. 그때는 나도 이미 남자가 다른 여자와 사랑에 빠지면 아내 곁으로 돌아온다 해도 그건 절대로 아내를 사랑해서가 아니라는 사실을 알고 있었어. 그래서 나는 당신이 리디아한테 도망쳐갈 때까지 얼마나 견디는지 보자는 심보로 당신을 받아들였어. 그런데 내가 괴롭히면 괴롭힐수록 당신은 몸을 낮췄어.

그래. 당신 말이 맞아. 우리 삶은 '라베스' 그 자체였어. 지난 수십 년 동안 당신이 한 장난으로 파멸 속에서 치욕을 즐기는 것이 우리의 일상이 되었어. 그래서 지난 수십 년간 우리가 붙어 있을 수 있었던 거야. 대체 왜 지금까지 함께 살아온 걸까? 아이들 때문일 수도 있어. 하지만 오늘 아침에는 이마저도 확실치 않다는 생각이 들었어. 아이들마저 나와 별 상관없는 사람처럼 느껴져. 여든이 다 되어서야 내 삶에서 마음에 드는 것이 하나도 없다고 말할 수 있게 되었어. 당신도 싫고 아이들도 싫고 나도 싫어.

그래서 당신이 나를 떠났을 때 그렇게 화를 냈던 것 같아. 당신보다 먼저 떠나지 못한 내가 바보 같았어. 나는 온 마음을 다해 당신이 내게 돌아오기를 바랐어. 이번에는 내가 당신을 떠날 차례라고 말해주려고 말이야. 그런데 이것 좀 봐. 나는 아직도 이곳에 있어. 어떠한 현상을 명확하게 설명하려면 단순하게 생각하는 수밖에 없는 것 같아."

반다의 말을 내 나름대로 요약해보면 대략 이런 내용이었다. 우리가 재결합한 이후 처음으로 반다는 자기 심정을 명확하게 표현했다. 어떠한 감정의 흔들림도 없이 담담하게 표현한 것이다. 반다가 말하는 도중에 소심하게 항의하면서 끼어들어 봤지만 반다의 귀에는 내 말이 들리지 않는 것 같았다. 아니 듣고 싶어 하지 않았다. 반다는 넋두리하듯 이야기를 늘어놓았고 어느 순간부터 나는 혼자만의 생각에 빠졌다. 내 머릿속에 맴도는 의문은 단 하나였다.

'왜 반다가 이토록 모진 말을 하게 되었을까. 자기가 하는 말이 노년의 삶에 심각한 영향을 미칠 수 있다는 사실을 어떻게 모를 수 있을까.'

나는 이렇게 생각하기로 했다.

'너무 걱정하지 말자. 반다는 나와 달라. 반다는 내가 유년 시절부터 품어왔던 두려움을 경험한 적이 없어. 그렇기 때문에 도를 넘을 수 있는 거야. 세월이 지날수록 더 무뎌져서 지나친 행동을 즐기고 오늘처럼 가혹한 이야기를 평생 반복할 거야. 그러니 그냥 입 다물고 있자. 집이 엉망이 된 데다 피곤한 상태잖아. 고생할 생각에 기분이 더 우울해진 거야. 지금 이런 상태라면 내가 조금만 자극해도 모든 것을 그대로 놔두고 떠나가 버릴지도 몰라. 반다에게 무슨 말이라도 꼭 해야 한다면 누구든 불러서 집 정리를 돕게 하자고 제안해보자. 별로 돈 드는 일이 아니라고 설득해보는 거지. 뼈가 약해서 지치면 안 된다고 해보자. 그렇게 상황을 모면하고 아무렇지 않은 척해서 앞으로 남은 인생을 지키도록 하자.'

5

반다가 얼마나 오랫동안 이야기를 했는지는 잘 모르겠다. 1, 2분일 수도 있고 5분일 수도 있다. 확실한 것은 내가

223

아무런 반응을 보이지 않자 갑자기 시계를 쳐다본 후 자리에서 일어났다는 사실이다.

"장 좀 봐올게. 전화나 인터폰이 울리면 꼭 받아야 해."

"걱정하지 말고 어서 다녀와. 도둑놈들이 전화하면 내가 알아서 할게. 라베스를 꼭 다시 찾을 수 있을 거야."

나는 반다에게 다급히 대답했다.

반다는 내게 대답하지 않았다. 하지만 외출 준비를 마친 뒤 시장용 카트를 끌고 다시 내 앞에 나타나서는 작은 소리로 중얼거렸다.

"고양이는 영영 사라졌어."

아마 고양이를 다시 찾을 확률이 없다는 의미였을 것이다. 반다가 거실을 지나 현관으로 가면서 전화나 인터폰을 잘 받으라고 한 이유는 도둑놈들이 연락을 해올까봐 걱정되어서가 아니라 저주파 자극기를 빌린 지 2주가 지났으니 임대회사에서 오늘 안에 제품을 회수하러 사람을 보낼 것이기 때문이라고 설명했다.

"이번에도 사기 당하지 말고."

반다가 문을 닫으면서 말했다.

반다는 고양이 유괴설을 더는 믿지 않을지 몰라도 폴라로이드 사진이 사라진 뒤 나는 이 가설을 더욱 확신하게 되었다. 그뿐만이 아니다. 나는 누가 저주파 자극기를 회수하러 올지, 즉 다른 배달부가 올지 아니면 반짝이는 눈빛을 지닌 그 젊은 여자가 올지를 고민하기 시작했다. 나는 이내 그 여자가 다시 나타날 것이라고 확신했다.

시간이 흘러 반다가 돌아와 요리를 시작했다. 나는 마음이 편치 않았다. 너무 불안해서 머리가 지끈거렸다. 일전에 만났던 젊은 여자가 벌써 문간에 보이는 듯했다. 그녀는 내게 이렇게 말할 것이다.

"라베스는 우리가 데리고 있어요. 사진도 마찬가지고요. 이 돈을 주시면 되돌려드리죠."

나는 이렇게 물을 것이다.

"싫다면?"

그러면 여자는 이렇게 대답할 것이다.

"그렇게 하기 싫으시다면 고양이는 죽여버리고 사진은 응당 받아봐야 할 수신자 앞으로 보내드리죠."

내 머릿속에서 이 대답은 이제 가설이 아니었다. 그 여자는 실제로 같은 대답을 끝없이 반복했다. 스트라키노 치즈를 깨작거리는 동안 심장이 거대하게 부풀어오르는 것이 느껴졌다.

내게 한바탕 퍼부은 후에 마음이 편해졌는지 반다는 점심 식사 후 평상시의 모습으로 되돌아왔다. 그녀는 잠시도 쉬지 않고 체계적으로 부엌과 침실, 안나 방과 산드로 방을 정리했고 수리 보수가 필요한 물품 목록까지 작성했다. 반다가 믿을 만한 목수에게 연락해 보수를 흥정하고 있을 때 인터폰이 울렸다. 인터폰을 받자 어떤 여자가 저주파 자극기를 회수하러 왔다고 말했다. 2주 전 그 여자일까? 말 몇 마디 나누는 것으로는 판단하기 힘들었다. 나는 문을 열어준 뒤 길이 내려다보이는 창가로 달려가 얼굴을 내밀었다.

그 여자였다. 그녀는 한 손으로 현관문을 잡고서 들어오지 않고 뒤에 서 있는 어떤 남자와 이야기를 하고 있었다. 목련 나뭇가지에 가려 남자의 얼굴은 잘 보이지 않았다. 순간 숨을 쉴 수 없었다. 심하게 흥분하면 항상 그랬다. 내가 있는 위치에서는 그 남자가 내게 가짜 가죽 재킷을 떠넘긴 사기꾼인지 아닌지 확인할 수 없었다. 그런데도 나는 혈액

순환이 안 되고 정신이 아득해졌다.

나는 남자가 그 사기꾼이기를 간절히 바라면서도 한편으로는 정말 그 남자일까봐 두렵기도 했다. 저 둘은 무슨 말을 하고 있는 걸까? 어떤 계략을 꾸미는 걸까? 여자만 올라오고 남자는 아래서 기다리기로 한 걸까? 아니다. 둘이 같이 올라오기로 한 것 같다. 모든 이야기에는 막다른 골목이 있다. 언제나 이런 순간이 온다. 이제 어떻게 해야 하나. 처음으로 되돌아가 다시 시작해야 하나? 모든 이야기에는 마침표가 있다는 것을 알 만큼 나이가 들었는데도?

나는 두려웠다. 그것은 분명 어린 시절 온 식구가 기다리고 있는 가운데 아버지가 드디어 저녁을 먹기로 결심하고 식탁으로 다가올 때 느꼈던 것과 같은 두려움이었다. 오늘 아버지의 기분은 어떨까? 기분이 좋을까 나쁠까? 무슨 말을 하고 무슨 짓을 할까? 그새 통화를 마친 반다가 인터폰 소리를 못 들었는지 침실에서 외쳤다.

"여보! 잠깐 좀 와줄 수 있어? 와서 장롱 옮기는 것 좀 도와줘."

제3권

1

엄마는 우리를 바에서 멀지 않은 곳까지 데려다주었다. 그때 내가 몇 살이었더라? 아홉 살? 산드로 오빠는 몇 달 전 열세 살이 됐다. 엄마와 함께 오빠의 생일케이크를 만들어서 잘 기억하고 있다. 오빠는 타오르는 촛불 앞에서 한 번에 촛불을 끄면 자기 소원이 이루어졌으면 좋겠다고 했다. 엄마가 어떤 소원이냐고 묻자 오빠는 아빠를 만나고 싶다고 했다.

그렇다. 우리가 거기까지 가게 된 것은 다 오빠 때문이다. 나는 두렵다. 아빠에 대해서 아는 것이 아무것도 없기 때문이다. 한때는 아빠를 좋아했지만 그렇지 않게 된 지 오래다. 아빠 만날 생각을 하니 배가 아팠지만 왠지 모를 수치심에 아빠한테 화장실에 가고 싶다는 말을 하고 싶지는 않다. 그래서 나는 뭐든 제멋대로 하는 오빠와 결국에는 그런 오빠 말을 들어주는 엄마에게 매우 화가 났다.

2

그게 전부다. 그날에 대한 다른 기억은 없다. 솔직히 말하면 별로 중요하지도 않다. 그날 이야기는 오빠를 불러내기 위한 구실일 뿐이었으니까 말이다. 오빠에게 전화를 걸어본다. 발신음이 한참 동안 울리다 음성 사서함으로 넘어간다. 잠시 기다렸다 다시 전화를 걸어본다. 다섯 번 시도 끝에 오빠가 전화를 받는다. 화난 목소리로 원하는 게 뭐냐고 묻는 오빠에게 나는 밑도 끝도 없이 질문을 던진다.

"카를로 3세 광장에 있는 바에 아빠를 만나러 갔었을 때를 기억해?"

나는 어린아이같이 코맹맹이 소리로 웃으면서 묻는다.

마치 그동안 우리 사이에 아무 일도 없었던 것처럼 말이다. 내가 어떻게 해서든 잔나 이모가 남겨준 유산을 오빠에게서 빼앗으려고 했고 정말로 내게 돈을 한 푼도 나눠주지 않으면 내게 오빠는 죽은 사람이나 마찬가지라고, 죽어서 땅에 묻힌 사람과 다름없으며 다시는 오빠를 보고 싶지 않다고 악을 썼던 일이 없었던 것처럼 말이다.

전화기 너머로 침묵이 흐른다. 아마 머리를 굴리고 있는 것이리라. 오빠는 마흔다섯 살이나 됐는데 여전히 열다섯 살짜리처럼 키득거린다. 오빠의 생각이 훤히 들여다보였다. 쉼표와 맞춤표까지 말이다. 오빠는 나를 싫어한다. 그래도 상관없다. 나는 오빠에게 엄마 아빠 이야기와 우리 남매의 어린 시절 이야기, 수년 전 아빠를 만났을 때 이야기를 쏟아낸다. 그러고는 기억이 잘 안 나는 일이 있는데 갑자기 그 기억의 공백을 메우고 싶어졌다고 한다. 오빠는 내 말을 끊으려 하지만 그러지 못한다. 아무도 내 말을 끊을 수 없다.

"우리 만나."

내가 오빠에게 다짜고짜 말한다.

"나 바빠."

"부탁이야."

"싫다니까."

"오늘 저녁은 어때?"

"오늘 저녁에는 네가 할 일이 있잖아."

"무슨 일?"

"네가 고양이 먹이 줄 차례잖아."

"엄마 아빠 집에 안 갈 거야. 지금까지 한 번도 안 갔
는걸."

"농담이지?"

"사실이야."

"엄마한테 가겠다고 약속했잖아."

"그랬지. 하지만 혼자서는 도저히 그 집에 못 있겠더라."

얼마간 왈가왈부하다 결국 오빠는 내 말이 사실이라는
것을 깨닫는다. 두 분이 일주일 동안의 휴가를 마치고 해변
에서 돌아올 날이 얼마 남지 않았는데 나는 지금껏 내 순
서를 건너뛴 것이다.

"그래서 집에 가면 항상 오줌 냄새가 진동하고 물통은

거의 비어 있고 밥그릇에는 사료 한 톨 없고 라베스는 예민해져 있던 거였구나."

오빠가 말한다.

오빠는 화를 내면서 내가 이기적이고 감정이 메마른 데다 무책임하다고 쏘아붙인다. 그래도 나는 기분 나빠하지 않는다. 일부러 호들갑을 떨고 웃음을 터뜨리고 진심 반 거짓 반으로 나의 두려움을 털어놓으며 자조적인 이야기를 한다. 그러자 오빠도 천천히 침착해진다.

"좋아."

산드로는 오빠랍시고 내 기를 죽이려 할 때 쓰는 어조로 말한다.

"귀찮게 하지 말고 마지막으로 꾄 놈팡이와 크레타로 가 버려. 오늘 저녁에도 라베스는 내가 봐줄 테니까."

다시 침묵이 흐른다. 이쯤에서 나는 태도를 바꾼다. 나는 어린아이 같은 목소리를 언제 엄마 같은 애절한 목소리로 바꿔야 하는지 잘 알고 있다. 나는 속삭이듯 말한다.

"새 애인과 크레타에 가겠다고 했던 건 아빠 엄마를 걱정시키지 않으려고 한 거짓말이야. 솔직히 말하면 올해 나는 휴가도 못 가. 돈이 한 푼도 없는 데다 만사가 다 귀찮거든."

나는 오빠를 잘 안다. 더는 버티지 못할 것이다.

"좋아. 같이 라베스를 보러 가자."

3

우리는 부모님 댁 현관 앞에서 만난다. 나는 마치니 광장과 이 거리를 증오한다. 매캐한 매연과 강에서 나는 악취가 여기까지 진동한다. 숨넘어갈 듯 울어대는 라베스 소리가 계단에서도 들린다. 우리는 함께 계단을 오른다.

"역겨워."

집에 들어가는 순간 나는 이렇게 외치고 달려가 발코니와 창문을 활짝 열어젖힌다. 그러고는 고양이에게 말을 건다. 고양이에게 너는 정말 역겹기 짝이 없다고 하자 고양이는 안정을 되찾고 내 발목에 몸을 비빈다. 하지만 오빠가 밥그릇에 사료 넣는 소리가 들리자 나를 그 자리에 내버려두고 오빠를 향해 달려간다.

나는 거실에서 꼼짝하지 않는다. 나는 열여섯 살 때부터 서른네 살이 될 때까지 여기에서 살았는데 이 집은 언제나 나를 우울하게 만든다. 마치 우리 부모님이 자신들의 잡동사니와 함께 지금까지 살았던 모든 집의 나쁜 점만을 옮겨다놓은 것 같았다.

오빠가 다시 나타난다. 라베스가 부엌에서 쩝쩝거리면서 사료 먹는 소리가 들린다. 오빠는 신경이 날카롭다. 엄마가 부탁한 일을 마쳤으니 최대한 빨리 이 집에서 나가고 싶은 거다. 하지만 나는 소파에 앉아 다시 어린 시절 이야기를 늘어놓는다. 아빠에게 버림받았던 일부터 엄마가 절망에 빠졌던 시절과 아빠와 다시 만났을 때 이야기를 한다. 오빠는 바쁜 티를 내기 위해 일부러 자리에 앉지도 않고 내 말에 일반론적인 말만 늘어놓는다. 오빠는 다정한 아들 노릇을 해야 한다는 의무감에 사로잡혀 부모님에 대한 고마움을 표현한다. 그러다 내가 오빠 때문에 아빠를 만났을 때 일을 물고 늘어지면서 비아냥대자 짜증을 낸다.

"말도 안 되는 소리!"

오빠가 외친다.

"아빠가 먼저 우리를 만나고 싶다고 한 거야. 나는 상관 없어. 그리고 우리가 만났던 곳은 카를로 3세 광장도 아니었고 바도 아니었어. 엄마는 우리를 단테 광장으로 데려다 주었고 아빠는 기념탑 아래서 우리를 기다리고 있었어."

"내 기억으로는 카를로 3세 광장에 있는 어떤 바였어. 언젠가 아빠도 우리를 바에서 만났다고 했어."

"내 말을 못 믿겠으면 아예 말을 말자. 기념탑 아래서 만난 다음 아빠가 우리를 단테 광장에 있는 식당에 데리고 갔었다니까?"

"그런 다음에는 무슨 일이 있었어?"

"별일 없었어. 줄곧 아빠 혼자 떠들었지."

"뭐라고 했는데?"

"대략 자기는 방송국에서 일하고 있는데 그곳에서 유명 배우와 가수들을 만날 수 있고 엄마랑 헤어지기를 잘했다는 내용이었지."

나는 웃음을 터뜨린다.

"맞는 말이네. 내 생각에도 그때 아빠는 엄마랑 잘 헤어졌어."

"지금은 그렇게 말하지만 그때는 밤에 잠도 못 자고 먹
는 족족 다 토했잖아. 엄마랑 나는 아빠보다 너 때문에 더
힘들었어."

"거짓말! 나는 아빠를 좋아한 적 없어."

오빠는 고개를 가로젓는다. 미끼를 문 것이다. 오빠는 드
디어 자리에 앉기로 마음먹는다.

"너 아빠한테 신발끈에 대해서 물었던 건 기억해?"

신발끈이라고? 역시 오빠답다. 오빠는 별것도 아닌 이야
기에 살을 덧붙여 그럴듯하게 만드는 것을 좋아한다. 그런
화법 덕분에 여자들한테 인기가 많다. 처음에는 여자들을
재미있게 해주다가 나중에는 아예 드라마를 찍는다. 내 생
각에 오빠는 지질학을 전공할 것이 아니라 아빠의 뒤를 이
어 방송계에 진출해야 했다. 쇼호스트가 되어 텔레비전 화
면을 통해 아가씨들과 부인들에게 말을 걸었어야 했다.

나는 오빠가 무슨 이야기를 들려줄지 궁금해 하는 척하
며 오빠를 바라본다. 오빠는 잘생긴데다 신사적이고 상대
방을 정중하게 대할 줄 안다. 게다가 부럽게도 군살이 없
고 사춘기 소년처럼 얼굴에 주름이 하나도 없다. 내일모레

면 나이가 오십인데 기껏해야 서른 살 정도로밖에 안 보인다.

오빠는 아내가 셋이다. 그렇다. 결혼은 한 번밖에 안 했는데 아내가 셋이다. 게다가 자식이 넷이나 된다. 요즘 같은 세상에 신기록감이다. 그중 둘은 법적 부인인 첫 번째 아내의 아이들이고 나머지 두 아이는 엄마가 다르다. 뿐만 아니라 다양한 연령대의 여자 친구들도 있다. 오빠는 그 여자들과도 꾸준히 만나는데 그녀들의 이야기를 잘 들어줄 뿐 아니라 필요하면 가끔 섹스도 해준다. 한마디로 수완이 좋다.

사실 오빠는 무일푼이다. 잔나 이모가 물려준 유산을 여자들과 자식들에게 탕진해버렸기 때문이다. 게다가 취업하는 족족 해고당한다. 그런데도 나처럼 쪼들리지 않고 잘만 산다. 어떻게 그럴 수 있냐고? 아이들 엄마가 하나같이 부유한 여자들이기 때문이다. 이들은 오빠의 파트너가 바뀌어도 여전히 오빠를 다정한 사람이자 만점짜리 아빠로 여겼고 그 결과 오빠의 안정적인 수입원이 되었다. 오빠가 아이들과 함께 있는 모습을 한 번 봐야 한다. 아이들은 아빠를 너무 좋아한다. 물론 가끔은 곤경에 빠지기도 한다. 아무리 오빠라도 그렇게 복잡한 애정 관계를 유지하기는 쉽지 않을 테니까.

가끔은 여자들끼리 오빠를 독차지하기 위해 피 튀기는 전쟁을 벌이기도 한다. 하지만 오빠는 지금까지 잘 버텨왔고 나는 그 이유를 안다. 오빠는 진실되지 못한 사람이기 때문이다. 자기 자신에게조차 그렇다. 많은 여자에게 관심을 기울이고 위안을 줄 수 있는 것은—그럴 때 오빠는 종종 뻔하디뻔한 도덕적인 충고를 늘어놓는데 내 귀에는 그렇게 위선적으로 들릴 수 없다—좋은 감정을 흉내 낼 뿐 누군가에게 진심으로 그런 감정을 느껴본 적이 없었기 때문이다.

"무슨 끈?"

내가 묻는다.

"신발끈 말이야. 식사 도중에 네가 아빠한테 내가 신발끈 묶는 법을 아빠한테 배운 거냐고 물었잖아."

"오빠는 신발끈을 어떻게 묶는데?"

"아빠처럼."

"그럼 아빠는 어떻게 묶는데?"

"아빠만의 방법으로 묶어."

"오빠는 오빠가 아빠처럼 신발끈을 묶는다는 사실을 알고 있었어?"

"아니. 네가 아빠한테 그랬잖아."

나는 정말로 기억이 나지 않는다.

"그랬더니 아빠가 어떻게 반응했어?"

"순간 울컥했어."

"울컥하다니?"

"울음을 터뜨렸거든."

"거짓말. 아빠가 우는 모습은 한 번도 본 적이 없어."

"정말 그랬다니까."

그때 라베스가 조심스레 얼굴을 내민다. 나에게 올까 아니면 오빠한테 갈까? 순간 나한테 왔으면 좋겠다는 생각이 든다. 그래봤자 내쫓아버리겠지만. 하지만 고양이는 오빠 무릎 위로 가볍게 뛰어오른다. 나는 약간 악의적으로 오빠에게 쏘아붙인다.

"내 기억에는 아빠를 만나고 싶다고 한 사람은 분명히

오빠였어."

"마음대로 생각해."

"그런데 왜 엄마는 오빠의 부탁을 들어준 걸까? 그때는
제정신으로 돌아온 후라 우리 셋 다 이미 아빠 없이 사는
데 익숙했잖아. 그냥 싫다고 하면 됐을 텐데 무슨 생각으로
상황을 복잡하게 만든 걸까?"

"깊게 생각하지 마."

"아니. 난 알고 싶어. 엄마는 대체 왜 그런 걸까?"

"내가 그러자고 했거든."

"그것 봐. 결국 오빠가 그런 거잖아."

"네 상태가 너무 안 좋아서 그랬던 거야."

"눈물 나게 고맙네."

"그때 나는 아직 어렸어. 아빠가 두 눈으로 네 상태가 얼
마나 심각한지 보면 네게 자기가 필요하다는 사실을 깨닫
고 돌아올 거라고 생각했어."

"그러니까 아빠가 나 때문에 돌아왔다는 거야?"

"착각은 자유지."

"그러면?"

"너 정말 아무것도 기억 안 나?"

"응."

"좋아. 그럼 이 이야기도 한번 들어봐. 아빠를 만나기로 한 날 엄마가 네게 이런 말을 했어. '안나야, 네 오빠가 신발끈을 어떻게 묶는지 봤니? 정말 꼴불견이지 않니? 그것도 다 네 아빠 탓이란다. 뭐 하나 제대로 한 일이 없다니까. 아빠를 보면 그렇게 말해주렴.'"

"그게 뭐?"

"신발끈 이야기는 우리 모두에게 영향을 줬어. 아빠는 엄마와 나와 너를 위해 돌아오게 됐지. 우리 셋이 원했던 대로 된 거야. 이제 내 말이 무슨 말인지 알겠어?"

4

역시 오빠답다. 오빠는 모든 일에 사탕발림을 해서 상대방의 마음을 편하게 해준다. 지금 라베스를 데리고 노는 모습만 봐도 그렇다. 오빠가 쓰다듬어주고 귀여워해주자 고양이는 좋아서 어쩔 줄 모른다. 오빠는 동물이든 사람이든 대상에 상관없이 모두에게 그런 식이었다. 오빠는 엄마의 귀염둥이였고 아빠는 중요한 일이 있을 때 오빠하고만 이야기를 나눈다. 오빠는 그런 식으로 애정도 존경심도 돈도 싹쓸이해갔고 내게는 부스러기만 남겨주었다.

가식적인 인간 같으니라고. 신발끈에 얽힌 이야기도 새빨간 거짓말이다. 내가 안쓰러워 보여서 아빠한테 데려다달라고 엄마를 졸랐다고? 우리 둘이 아빠를 집으로 돌아오게 할 정도로 아빠를 감동시켰다고? 엄마는 엄마 나름대로 그렇게 되도록 일을 꾸민 거라고? 그렇게 해서 사랑스러운 우리 가족이 재결합하게 된 거라고? 오빠는 내가 바보인 줄 아나? 나를 자기한테 목매는 여자들과 동급으로 취급하는 건가? 나는 오빠에게 대답한다.

"우리 부모님이 중요하게 생각한 끈은 평생 서로를 괴롭히는 데 사용한 끈뿐이야."

나는 자리에서 일어나 오빠 무릎에 있는 라베스를 안아들고 쓰다듬으면서 발코니로 간다. 라베스는 처음에는 몸을 뒤틀다가 나중에는 포기하고 얌전해진다. 나는 발코니에서 오빠에게 말한다.

"우리 부모님은 우리에게 총 4막으로 구성된 아주 계몽적인 내용의 각본을 보여주셨지. 제1막에서 아이들은 젊고 행복한 엄마 아빠와 함께 에덴동산에서 살아. 제2막에서 아빠가 다른 여자와 눈이 맞아 사라지자 엄마는 정신 줄을 놓아버리고 아이들은 에덴동산에서 쫓겨나지. 제3막에서는 아빠가 자신의 잘못을 뉘우치고 집으로 돌아와. 아이들은 다시 지상 낙원으로 돌아가려고 애를 쓰지만 엄마 아빠는 매일같이 그것이 헛수고에 불과하다는 것을 증명하지. 마지막으로 제4막에서 아이들은 드디어 에덴동산은 처음부터 존재하지 않았으며 현실이라는 지옥에 만족해야 한다는 사실을 깨닫게 되지."

오빠가 못마땅한 표정을 짓는다.

"넌 엄마보다 지독하구나."

"이제 엄마가 싫어졌나 보네."

"엄마가 싫은 게 아니라 네가 싫어. 넌 엄마의 안 좋은 점만 물려받아서 그 결점을 훨씬 더 악화시켰어."

"엄마의 어떤 단점을 말하는 거야?"

"다."

"예를 들어봐."

"뭐든 목록을 작성해서 첫째, 둘째, 셋째, 넷째하며 읊어대는 점. 엄마랑 너는 둘 다 울타리를 만들어서 그 안에 사람들을 가둬놓는 것을 좋아하지."

나는 그저 우리가 함께 겪었던 일을 정리한 것뿐이라고 오빠에게 냉정하게 말한다.

"그런데 꼭 그런 식으로 아무 이유 없이 내게 창피를 줘야겠어?"

나는 투덜거린다.

"내가 엄마보다 지독하다면 오빠는 아빠보다 지독해. 도무지 사람 말을 들으려고 하지 않잖아. 아니, 오빠는 엄마 아빠의 단점만 다 물려받았어. 사람 말을 제대로 안 듣는 것뿐만 아니라 사소한 일을 붙잡고 늘어져서 어이없는 말로 거대한 산처럼 부풀려놓는 것을 보면 말이야. 그럴 땐 정말이지 엄마랑 똑같다니까?"

오빠는 입을 꼭 다물고 나를 바라본다. 고개를 가로젓고는 다시 시계를 본다. 한편으로는 자기가 너무 심했나 싶어 걱정하면서도 다른 한편으로는 나라는 사람은 정말 어쩔 수가 없다고 생각하고 있는 거다. 나 같은 싸움닭과 잘 지내는 것은 불가능하다고 말이다.

나는 다시 거실로 들어간다. 오빠가 집에 가려고 자리에서 일어나기 전에 다시 소파에 앉는다. 라베스가 안절부절 못하자 나는 라베스 머리에 입을 맞춰준다. 내가 오빠에게 전화를 건 진짜 이유를 말할 때가 왔다. 나는 이렇게 중얼거린다.

"하지만 어쩌겠어. 유전자를 바꿀 수는 없잖아. 내 잘못도 오빠 잘못도 아니야. 다 물려받는 거지. 하다못해 머리 긁는 모습까지 부모님을 닮는다잖아."

나는 엄청나게 재미있는 말이라도 한 것처럼 웃음을 터뜨린다. 나는 웃음을 멈추지 않고 밑도 끝도 없이 얼마 전부터 머릿속을 맴돌던 말을 내뱉는다.

"엄마 아빠한테 이 집을 팔라고 하자. 못해도 150만 유로는 받을 수 있을 거야. 둘이 정확하게 75만 유로씩 나눠 갖자."

5

오빠가 갑작스럽게 관심을 나타내며 나를 바라본다. 다른 것은 몰라도 우리 남매는 둘 다 엄마에게서 돈에 대한 집착을 물려받았다. 아빠는 돈을 잘 벌었지만 야망에 취해 자신이 돈을 잘 버는지도 몰랐다. 아빠에게 중요한 것은 일 자체와 주변 사람들에게서 인정받고자 하는 욕구와 그것을 잃을지도 모른다는 불안감이었다. 돈 관리는 항상 엄마 몫이었다. 엄마는 돈을 아껴 썼고 아낀 돈을 저축했다. 이 집을 사자고 한 것도 엄마였다. 엄마는 우리에게 동전 한 닢도 중요하다는 사실을 가르쳐주었다. 자식들에 대한 사랑까지도 돈으로 환산했다.

실제로 엄마는 아빠는 말할 것도 없이 절대로 자기 자신을 위해 돈을 모으지 않았다. 엄마가 돈을 모으는 이유는 오빠와 나에게 안락한 현재와 안정된 미래를 보장해주기 위해서였다. 우체국 예금과 은행 예금과 이 아파트는 모두 우리 남매에 대한 엄마의 사랑의 증거였다. 나는 오랫동안 이렇게 생각해왔고 그것은 오빠도 마찬가지일 것이다.

'엄마는 너희를 사랑하기 때문에 엄마를 위해 돈을 쓰지 않고 너희를 위해 저축한단다.'

엄마는 매일 이 말을 행동으로 보여주었다. 결과적으로 자금 부족은 내게 사랑받을 수 있는 능력이 부족하다는 것을 의미했다. 적어도 나는 그렇게 받아들였다. 잔나 이모가 자기가 저축해놓은 돈을 몽땅 산드로 오빠에게 물려주었을 때 그렇게 화를 냈던 것도 그런 이유 때문이었을 것이다.

뭐 적어도 의사들 생각에는 그랬다. 잔나 이모의 유산 문제로 이성을 잃은 내게 엄청난 양의 약을 처방해주면서 의사들은 그렇게 말했다. 하지만 생각을 정리하기가 그리 쉽지는 않다. 끝까지 이해가 되지 않는 부분이 분명 있기 때문이다. 돈 없이는 애정도 없다는 공식이 내 마음에 새겨진 것이 사실이라면 나는 왜 수중에 돈이 들어오면 탕진해 버리고 누군가 내게 애정을 표시할 때마다 내쫓아버리는 걸까. 산드로 오빠도 마찬가지다. 돈 많은 부인들과 버르장머리 없는 자식들은 그 무엇으로도 채워지지 않는 공허함의 증거가 아닌가.

저축을 하면서 기쁨을 느꼈던 엄마와 달리—아마도 엄마 인생의 유일한 낙이었을 것이다—우리는 돈을 쓸 때만 안심이 됐다. 그 점에서는 나나 오빠나 똑같다. 그런데 요즘은 돈이 씨가 말랐다. 게다가 나는 늙어가고 있다. 살이 찌고 얼굴에는 주름이 늘어나는 데다 새치가 무서운 속도로 늘고 있다. 그러니 긴 속눈썹과 녹색 눈동자에 소년같이 동안인 오빠가 너무 싫다. 나이 오십에 염색도 안 했는데 머리는 새치 하나 없이 새까만 데다 숱도 많고 특별히 운동도 안 하는데 운동선수처럼 날씬하다.

오빠는 이제야 내 말에 귀를 기울인다. 나는 오빠가 내 말을 제대로 이해할 시간을 주기 위해 말을 돌린다.

"엄마 아빠는 축복받은 세대에 속하는 사람들이야. 무일 푼으로 시작해서 성공했잖아. 아빠는 나름대로 유명 인사가 됐고 둘 다 연금도 많이 받잖아. 그런 사람들이 뭘 더 바라겠어? 안 그래?"

오빠는 내가 주입하려는 생각을 지워버리려는 듯 눈을 깜빡이면서 묻는다.

"엄마 아빠가 왜 집을 팔아서 그 돈을 우리에게 주시

겠어?"

"이 집은 우리 거니까."

"이 집은 부모님 거야."

"물론 그렇지. 하지만 어차피 우리가 물려받을 거잖아."

"그래서?"

"유산을 미리 상속해달라고 부탁하자는 거야."

"엄마 아빠는 어디서 살고?"

"지금 집보다 작은 아파트를 임대하면 되지. 여기보다 외곽 지역에 방 두 개에 부엌이 딸린 아파트를 얻어드리는 거야. 임대료는 우리가 부담하고."

"너 미쳤구나."

"내가 왜 미쳐? 오빠, 마리사 기억해?"

"마리사가 누구야?"

"나폴리에서 친하게 지내던 친구 말이야."

"그 애가 뭘 어쨌는데?"

"마리사도 자기 부모님께 그런 부탁을 드렸는데 그 애 부모님은 그렇게 해주기로 하셨대."

"엄마는 절대로 안 그러실 거야. 이 집은 엄마 거야. 집

안 구석구석 엄마의 손길이 닿지 않은 곳이 없잖아. 아빠에게는 평생 일한 결과 그래도 뭔가는 남았다는 의미이기도 하고."

"하지만 둘 다 살 만큼 살았잖아."

"아닐걸. 앞으로 20년은 족히 더 사실 수 있어."

"내 말이 그 말이야. 20년 후면 내 나이는 예순다섯이고 오빠는 거의 일흔이야. 그나마 그때까지 버틸 수 있다면 말이지. 예순다섯이 되어서 그 집의 반을 가져봤자 무슨 소용이 있겠어? 오빠도 생각을 좀 해봐. 언제나처럼 나한테만 악역을 맡기려 하지 말고. 어차피 둘 다 노인네야. 다 늙어서 테베레강이 보이는 대궐 같은 집에서 살 필요가 뭐가 있어?"

오빠는 고개를 내저으면서 짐짓 사려 깊은 표정으로 내 생각에 반대한다는 듯한 표정을 지어 보인다. 내 생각이 틀렸다고 믿게 만들려는 것이다. 오빠는 어렸을 때부터 항상 그랬다. 물론 돈 이야기에는 솔깃했을 것이다. 표정에서 빤히 보인다. 나는 오빠를 너무 잘 안다. 속으로 심하게 갈등하고 있을 것이다. 오빠는 엄마 아빠한테 이 말을 꺼내고

설득하고 집을 팔고 집값을 당연히 이등분해서 나누는 것
까지 나 혼자 다 알아서 해주기를 바라는 것이다. 내가 그
러는 동안 자기는 망설이면서 도덕적 문제를 꺼내고 엄마
아빠를 걱정해주는 큰아들 노릇이나 하려는 거다. 동의를
얻으려면 한편으로는 오빠와 정면충돌을 피해야 한다는
것을 잘 알면서도 다른 한편으로는 짜증이 치밀어오른다.
좋든 싫든 돌심장이 아닌 이상 나도 양심은 있다. 그렇기
때문에 오빠가 나를 자극하면 내가 어디로 튈지 나도 모른
다. 그런데 오빠는 나를 자극하는 정도가 아니라 내 마음에
비수를 꽂는다. 오빠가 내게 묻는다.

"30년 후에 네 자식들이 너한테 그런 짓을 하면 어떻게
할래?"

6

오빠 말에 나는 발끈한다.
"내가 엄마 아빠한테 제대로 배운 게 딱 하나 있어. 무자
식이 상팔자라는 거야."

나는 짐짓 마음을 가라앉힌 척 목소리를 억지로 짜내면서 말을 잇는다.

"부모란 어차피 자식들에게 상처를 줄 수밖에 없어. 그러니 때가 되면 자식들에게 더 큰 상처를 받을 각오를 하고 살아야 하는 거야."

나는 오빠가 그런 극단적인 말을 좋아하지 않는다는 것을 알지만 일부러 그렇게 말한다. 무책임하게 아이를 넷이나 낳았으니 내 말에 뭐라고 하는지 들어나 봐야겠다.

오빠는 언제나 그렇듯 자화자찬으로 상황을 무마한다. 오빠는 자기가 선택한 길이 최선이라고 확신하고 있다. 그러니까 아내를 늘리고 부성애를 늘리고 애정의 대상과 섹스의 대상을 늘리고 그렇게 함으로써 각자의 역할에 대해 혼란스러워하는 것이 최선책이라는 거다. 그러니까 오빠 말은 전통적인 개념의 부부는 이제 존재하지 않는다는 거다. 일부일처제는 없어져야 할 제도이며 수많은 여자를 똑같이 사랑하고 수많은 자식을 똑같이 귀여워해주면 된다는 것이다.

"나는 말이야, 아이들을 돌볼 때면 아이들이 부족함을

하나도 느끼지 않게 해줘. 나는 아이들에게 아빠 엄마 역할을 다 해주거든."

오빠는 오빠답게 말로만 번지르르하게 자기 자랑을 늘어놓는다.

나는 되도록 오빠 말에 대응하지 않고 오빠가 마음껏 자신의 폭넓은 시야를 자랑하게 놔둔다. 하지만 아무리 신경 쓰지 않으려 해도 오빠 말이 귀에 거슬린다. 결국 나는 도저히 참지 못하고 사실 오빠는 어린 시절 우리가 함께 겪은 혼란에서 아직도 벗어나지 못했으며 엄마가 우리에게 물려준 불안을 오빠도 자기 자식들에게 쏟아붓고 있다고 쏘아붙이고 만다.

"오빠는 남자가 여자가 되고 여자가 남자가 되고 아빠가 엄마가 되고 엄마가 아빠가 되는 상황을 반복하고 있어. 그런 식으로 가정 내 역할을 모호하게 만들고 알맹이 없이 번지르르한 말이나 지껄이는 것은 오빠가 겁에 질린 아이에 지나지 않는다는 증거야."

말하는 동안 평소에는 마음 한구석에서 입을 꾹 다물고 있던 분노가 치밀어오른다. 나는 오빠에게 부모 자식 관계의 폐지에 찬성한다고 쏘아붙인다. 나는 임신과 출산제도의 폐지에 찬성한다. 그렇다. 나는 그 모든 것의 폐지론자다. 여성의 배를 이용하는 생식의 역사를 깡그리 지워버리고 싶다. 생식기는 오줌 싸고 섹스할 때만 사용해야 한다. 나는 소리친다.

"솔직히 말하면 그까짓 섹스도 꼭 해야 하나 싶어!"

결국 우리는 싸운다. 라베스는 놀라서 도망친다. 우리 둘의 입에서 튀어나오는 문장과 단어가 서로 겹쳐진다.

오빠는 자신을 방어하기 위해 상투적인 말을 늘어놓는다.

"밤새도록 사랑하는 사람을 품에 안고 있으면 불안이 사라져. 사랑은 신앙보다 아름다워. 매 순간 도사리고 있는 죽음의 위협에 맞서기 위한 기도라 할 수 있지. 아이를 낳으면 불안감이 사라져. 자식이 주는 기쁨이 얼마나 큰데. 아이들이 커가는 것을 지켜 보는 것이 얼마나 흥분되는 일인지 몰라. 영원히 이어지는 사슬의 일부가 되는 기분이야. 내가 존재하기 전부터 있었고 내가 죽은 후에도 존재할 사슬 말이야. 이것이야말로 인간이 불멸을 누릴 수 있는 유일한 방법이지."

오빠는 미주알고주알 잘도 떠들어댄다.

나는 오빠의 말에 귀 기울인다. 선의에서 나온 설교처럼 들리지만 오빠는 사실 내게 상처를 주고 싶은 거다. 내게 자식 덕분에 행복한 자기를 부러워하게 만들려는 것이다. 아이를 갖지 않기로 한 내 선택을 후회하게 하고 괴롭게 만들려는 것이다. 오빠는 말한다.

"너는 아이가 없어서 이해하지 못해. 그러니까 그렇게 말도 안 되는 소리를 지껄이는 거야."

"그래, 오빠 말이 맞아. 나는 이해 못 해."

결국 나는 이성을 잃고 오빠에게 대답한다.

"나는 오빠가 왜 그렇게 아무 데나 씨를 뿌리고 다니는지 이해할 수 없어. 대체 왜 그 암말들이 자기들의 생체 시계가 똑딱이는 소리에 귀를 쫑긋 세우고 전율을 느끼며 체액을 흘리는 건지 이해할 수 없어. 생체 시계라니. 그런 멍청한 표현이 어디 있담. 나는 시계가 똑딱이는 소리 따위는 들어본 적이 없어. 시간은 소리 없이 흘러가버렸거든. 그리고 사실 그 편이 더 나아. 고통에 못 이겨 소리를 지르면

서 아이를 낳는 상상을 해봐. 마취약에 취한 상태에서 칼날
에 난자당하고 자기 혐오감에 가득 차서 마취에서 깨어나
는 상상을 해봐. 낳아놓은 이상 나 몰라라 할 수도 없는 작
은 꼭두각시 인형들에 대한 공포심에 짓눌려서 암울한 기
분으로 깨어나는 상상을 해보란 말이야.

그래. 그때부터는 오로지 자식들을 위해 살아가는 거야.
판으로 찍어내듯 아이들을 만들었으니 어떤 상황에서도
돌봐줘야지 어쩌겠어. 해외에서 좋은 취직 자리를 제의받
아도, 중요한 목표를 달성하기 위해 밤낮으로 노력해야 해
도 어쩔 수 없어. 마음에 드는 남자와 시간을 함께 보내고
싶어도 그럴 수 없어. 자나 깨나 곁에 붙어 있는 자식새끼
들이 이제는 그렇게 할 수 없다는 사실을 일깨워주지. 아이
들에게는 엄마가 필요하다는 사실을 말이야.

사람을 속 터지게 만드는 독사 새끼 같은 자식들이 내
몸을 사납고 단단하게 옥죄어올 거야. 아이들을 행복하게
해주기 위해 아무리 노력해도 부족할 거야. 아이들은 나
를 독차지하기 위해 내 갈급함의 수레바퀴 사이에 나무막
대를 끼워 넣어버릴 거야. 나는 나 자신의 것이 되지 못할

뿐만 아니라—사실 이 고리타분한 구호 역시 웃기는 말이지—온전히 다른 사람의 것도 될 수 없어. 이제부터는 자식들만의 소유니까."

나는 악을 썼다.

"그러니까 자식을 낳는 것은 자기 자신을 포기하는 거야. 단 한 번이라도 오빠가 지금 어떻게 살고 있는지 제대로 바라봐. 오빠는 지금 당장 아이들을 코린느에게 데려다주기 위해 프로방스로 쪼르르 달려가겠지. 그런 다음에 카를라의 딸을 보러 갈 거고 또 그런 다음에는 지나의 아들을 보러 가야겠지. 정말이지 훌륭한 아빠에 멋진 애인 나셨지 뭐야. 오빠는 그런 삶에 만족해? 오빠의 아들딸들은 오빠가 오갈 때마다 행복해해?

아빠가 주말마다 우리를 보러 오던 시절을 조금은 기억해. 정확하게 무슨 일이 있었는지 기억은 나지 않지만 당시 내가 끔찍하게 불행했던 것만은 똑똑히 기억해. 그때의 감정이 아직도 사라지지 않았어. 나는 아빠를 독차지하고 싶었어. 엄마와 오빠하고도 공유하고 싶지 않았어. 하지만 아빠는 우리 누구의 것도 아니었지. 몸뚱이만 있지 실은 없는

거나 마찬가지였어. 아빠는 나와 오빠와 엄마를 포기했던
거야.

솔직히 말하면 아빠가 잘 생각했던 거야. 아빠는 멀리,
아주 멀리 떠나려 했지. 아빠에게 엄마는 삶의 기쁨에 대한
부정 그 자체였어. 우리도 마찬가지야. 오빠랑 나도 아빠에
겐 삶의 기쁨에 대한 부정을 의미했어. 아빠가 옳아. 우리
존재는 부정에 지나지 않았어. 아빠가 정말 잘못한 건 우리
를 끝까지 거부하지 못한 거야. 아빠의 실수는 일단 다른
사람에게 죽을 만큼 깊은 상처를 주거나 아니면 평생 남을
상흔을 남긴 다음에는 절대 되돌아오지 않아야 한다는 사
실을 몰랐다는 거야. 자기가 저지른 범죄를 끝까지 책임지
지 못했다는 거지. 범죄는 중간에 멈출 수 있는 게 아닌데
말이야. 아빠는 그렇게 하지 못했어. 아빠는 소심한 남자일
뿐이야.

아빠는 자기가 옳은 일을 한다고 생각할 때까지만 버텼
어. 주변 사람들의 지지를 받는다고 생각할 때까지만 말이
야. 주변이 다시 정리되고 지지가 약해지고 흥분이 가라앉
으니까 금세 후회하고 포기해버렸어. 그러고는 집에 돌아

261

와 엄마의 사디즘에 굴복한 거야. 엄마는 아빠한테 말했지.

'당신이 무슨 생각을 하고 있는지 앞으로도 지켜보겠어. 나는 당신을 못 믿어. 지금도 그렇고 앞으로도 영원히 그럴 거야. 당신이 나와 아이들을 위해 돌아왔다고는 생각하지 않아. 나는 못 믿어. 그런 결정적인 선택이 얼마나 큰 희생을 요구하는 것인지 가슴 깊이 뼈저리게 잘 아니까. 그러니까 이제부터 나는 매 순간 당신을 시험할 생각이야. 당신의 인내심과 끈기를 시험할 거야. 우리 아이들이 보는 앞에서 말이야. 아이들이 두 눈으로 똑똑히 보고 당신이 어떤 인간인지 깨닫도록 말이야. 자, 이제 대답해봐. 내가 당신과 아이들을 위해 내 삶을 희생한 것처럼 당신도 나와 아이들을 위해 당신 삶을 희생할 수 있겠어? 매사에 우리 셋을 최우선으로 생각할 수 있겠어?'

엄마 아빠가 서로 사랑한다니. 오빠, 우리 가족이 재결합했다는 것은 헛소리야. 우리 부모님은 우리를 망쳐놓았어. 엄마 아빠는 우리 머릿속에 단단히 자리를 잡고서 우리가 무슨 말을 하고 무슨 행동을 하든 엄마 아빠에게 복종하게 만들었어."

말을 마친 후 나는 참지 못하고 바보처럼 울음을 터뜨리고 만다. 그렇다. 바보 천치처럼 아무 이유 없이 눈물을 하염없이 흘린다. 나약해 빠진 나 자신에게 화가 난다. 이제 오빠는 이 순간을 이용해 먹겠지.

하지만 오빠는 그렇게 하지 않는다. 내 독백에 마음이 불편한지 나를 진정시키려 한다. 오빠가 이렇게 나오자 나는 흐느낌을 참고 눈물을 닦는다. 비통한 목소리로 아무도 나를 사랑해주지 않는다고 말한다. 엄마도 아빠도 나를 사랑해주지 않는다고 말이다. 엄마 아빠는 나를 사랑한 적이 없다고 한다. 자식들은 부모님에게 받은 은혜에 평생 감사해하며 살아야 한다는 말은 얼토당토않다며 화를 낸다. 감사라니? 나는 웃으면서 외친다.

"오히려 부모님한테 피해 보상을 받아야 할 판이야. 우리 이성과 마음에 입힌 피해에 대한 보상 말이야. 그렇지 않아?"

나는 코를 풀고 손바닥으로 소파를 두드리면서 말한다.

"이리 와, 라베스."

놀랍게도 라베스는 내 무릎 위로 사뿐히 뛰어오른다.

피곤하다. 울고 나니 머리가 아프다. 나도 아빠처럼 두통이 있다. 울어서 좋은 점이 있기는 했다. 오빠와 더 가까워진 느낌이었다. 여기서 잘만 하면 오빠 입에서 먼저 집 이야기가 나올 것이다. 나는 라베스를 쓰다듬으면서 얼마 전에 일 때문에 우연히 라틴어 사전을 뒤적이다 알게 된 비밀을 누설하기로 한다. 나는 오빠에게 라베스가 무슨 뜻인지 알려준다. 라베스는 파괴를 의미한다. 오빠는 나를 못 믿는 눈치다. 아빠의 공식적인 해석을 알기 때문이다. 아빠는 라베스가 우리 집 짐승이라는 뜻이라고 했다.

오빠를 설득하기 위해 나는 라베스를 꽁무니에 달고 서재로 가서 사전을 꺼내든다. 정말 덥다. 거실로 돌아와 바닥에 앉아 라베스라는 단어를 찾아 밑줄을 긋고 오빠에게 이쪽으로 오라고 고개를 끄덕여 보인다. 내가 발견한 참담하기 그지없는 이 사실에 대해 오빠가 뭐라고 하는지 듣고 싶다. 오빠는 마지못해 내게 다가온다.

"글쎄, 아빠가 이렇게까지 할 이유가 있었을까?"

오빠는 조그맣게 중얼거리고는 별다른 말이 없다. 정신이 다른 데 가 있는 것 같다. 그래도 나는 고집을 부린다.

"이런 고약한 장난을 생각해내고 자기 혼자 즐기는 사람은 어떤 사람일까? 잔인하다고 해야 할까 아니면 그저 불행한 인간일 뿐일까? 오빠는 이게 무슨 뜻인 줄 알아? 아빠는 평생 집에서 자기 혼자만 아는 자기 속마음을 농축한 말을 다른 식구들이 아무것도 모르고 쓰는 것을 듣고 싶어 했던 거야. 그것이 무슨 의미인 줄 알아?"

오빠는 동조의 의미인지 아닌지 알 수 없는 표정을 지어 보이고는 드디어 집 매매 이야기를 꺼낸다.

"엄마 아빠가 이 많은 물건을 어디에 둘 수 있을까?"

오빠가 묻는다.

"여기서 사분의 삼은 내다 버려야 할 것들이야. 이사를 그렇게 많이 했는데 엄마는 아무것도 버리지 않고 오빠랑 나한테도 하찮은 것까지 다 보관하게 했잖아. 엄마는 언젠가는 필요할 때가 있을 거라고 했어. 하다못해 어린 시절 기억을 간직하기 위해서라도. 기억을 간직한다고? 누가 어릴 때를 기억하고 싶대? 나는 내 방이 끔찍이 싫어. 내 방에 들어가는 것만으로도 마음이 불안해져. 내가 태어났을 때부터 겨우 집에서 도망쳐 나올 때까지 사용했던 별의별 물건들이 다 있잖아."

"내 방도 마찬가지야."

"그렇지? 우리 방도 그런데 엄마 아빠 물건들은 어떻겠어? 한마디만 할게. 오빠는 엄마가 지금까지 써온 가계부를 아직도 모으고 있다는 사실을 알아? 1962년 신혼 첫날부터 지금까지 빵이며 파스타며 달걀이며 과일을 산 명세서를 아직도 간직하고 있다고. 아빠는 또 어떻고? 열세 살 때 쓴 글 같지도 않은 글까지 다 모아놓았다니까? 아빠 글이 실린 신문 스크랩과 잡지부터 아빠가 읽은 책에 대해 써놓은 메모에 꿈꾼 내용까지 차곡차곡 모아놓았어. 젠장. 자기가 무슨 단테라도 되는 줄 아나봐. 그래봤자 TV 작가일 뿐인데 말이야. 설령 아빠 생각에 관심이 있는 사람이 정말로 있다 해도—물론 그럴 가능성은 희박하지만—그냥 컴퓨터에 보관하면 될 문제잖아."

"엄마 아빠는 그런 식으로 자신들의 삶의 흔적을 남기려는 거야."

"무슨 흔적?"

"존재의 흔적 말이야."

"내가 흔적을 남겨? 오빠가 흔적을 남겨? 뭐든 보관하는 데 집착하는 사람은 엄마야. 아빠는 신경도 안 써."

오빠가 미소를 짓는다. 오빠의 두 눈을 스치는 비애가 이번에는 진심으로 느껴진다.

"그런가?"

"그렇다니까. 이 집을 팔도록 설득하기만 하면 이번 기회에 엄마 아빠의 삶을 정리해줄 수 있어. 피차 이득인 거지."

"그렇지 않을걸?"

"왜?"

"이 집에는 가시적인 질서와 본질적인 혼돈이 공존하거든."

"무슨 뜻인지 설명해봐."

"설명할 것 없이 눈으로 확인하게 해줄게."

오빠는 자리에서 일어나 따라오라는 시늉을 한다. 라베스가 우리 뒤를 졸졸 쫓아온다. 아빠의 서재로 들어가자 오빠가 내게 책장을 가리켜 보인다.

"저기 책장 꼭대기에 있는 큐브 본 적 있어?"

8

나는 재미있는 척했지만 실은 한바탕 울었다고 마음이
다 풀린 것은 아니었다. 오히려 아까보다 우울하고 불안해
졌다. 오빠가 갑자기 지금껏 쓰고 있던 가면을 벗어던지고
정말로 내게 자신의 고통을 보여주려는 것이라면 걱정할
만한 상황인 거다. 오빠는 재빨리 사다리를 타고 올라가 먼
지가 수북이 쌓인 파란색 큐브를 들고 내려온다. 셔츠로 먼
지를 닦더니 내게 큐브를 내민다.

"이 큐브 기억나?"

아니, 나는 한 번도 이 큐브에 관심을 가진 적이 없었다.
이 집에 있는 그 무엇도 내 호기심을 자극하지 않았다. 나
는 아빠의 고약한 기호가 드러나는 수많은 물건을 다 싫어
한다. 이 집의 모든 방과 창문과 발코니가 싫다. 창밖으로
보이는 반짝이는 강물과 답답해 보이는 하늘도 싫다. 그런

데 오빠는 아주 어린 시절부터 그 큐브를 기억했다. 우리가
나폴리에 살 때부터 집에 있었다는 것이다.

"이 큐브 색깔 좀 봐."

오빠가 속삭인다.

"매끈하게 잘 빠졌지 뭐야."

오빠에게는 이 큐브가 세상에 둘도 없는 멋진 도형으로
보이는 것 같았다.

오빠는 이야기를 계속한다.

"부모님이 외출하면 나는 집 안 구석구석을 들쑤시고 다
녔어. 그러다 한번은 아빠 쪽 침대 머리맡 탁자 서랍에서
콘돔을 찾아냈고 엄마 쪽 탁자 서랍에서는 질 크림을 발견
했지."

"역겨워."

나도 모르게 불쑥 말을 뱉어놓고 수치심을 느낀다. 나이
를 마흔다섯 살이나 먹었고 그동안 남녀 불문하고 셀 수
없는 상대와 잠자리를 가졌는데 아직도 부모님의 섹스를
혐오스럽게 생각하다니. 내가 신경질적으로 웃음을 터뜨
리자 오빠는 불안한 눈빛으로 내 손을 바라본다.

"그만하자. 손을 떨고 있잖아."

나는 오빠의 진심 어린 말투에 놀란다. 오빠는 내 손에서 큐브를 빼앗아 원래 있던 자리에 올려놓기 위해 능숙하게 사다리를 탄다. 나는 화를 내면서 오빠에게 말한다.

"바보 같은 짓 하지 말고 이리 내려와. 뭘 보여주고 싶은 거야?"

오빠는 사다리 위에서 망설인다.

"사실 이 큐브는 상자야. 이쪽 면을 누르면 열려."

오빠가 말한다.

오빠가 큐브의 한쪽 면을 누르자 정말로 큐브가 열린다. 오빠는 큐브를 흔들어서 폴라로이드를 몇 장 바닥에 떨어뜨린다.

나는 몸을 숙여 사진들을 줍는다. 우리 남매에게 익숙한 사람이다. 우리가 그녀를 처음 봤을 때 모습 그대로 행복해 보이는 얼굴이다. 그녀가 뇌리에 각인된 것은 어느 날 아침 엄마와 함께 로마의 조용한 길에 서 있을 때였다. 우리는 일부러 나폴리에서 그곳까지 찾아갔었다. 우리는 두렵고 비통한 마음으로 바로 그녀를 기다리고 있었다.

"그 여자가 아빠랑 같이 저 현관에서 나올 때까지 기다리는 거야."

엄마가 설명해주었다. 실제로 우리 아빠와 그 여자가 같이 나왔다. 두 사람이 함께 있는 모습은 눈부시게 아름다웠다. 엄마가 말했다.

"아빠가 얼마나 행복해하는지 보이니? 저 여자가 리디아야. 아빠가 우리를 떠난 건 저 여자 때문이야."

리디아.

아직도 그 이름을 들으면 짐승에게 물어뜯긴 것처럼 아프다. 엄마가 그녀의 이름을 언급할 때마다 엄마의 절망은 우리 것이 되고 우리 셋은 한 몸이 되었다. 그런데 그날 그 여자를 찬찬히 살펴보다 내가 속했던 그 하나의 유기체가 부서지고 말았다. 나는 생각했다.

'너무 예쁘고 생기가 넘친다. 나중에 크면 저 사람처럼 되고 싶어.'

순간 바로 죄책감을 느꼈고 그것은 지금도 마찬가지다. 나는 평생 그때의 죄책감을 간직해왔다. 그때 나는 이제는 엄마를 닮고 싶지 않다는 사실을 깨달았고 그 생각 때문에 내가 엄마를 배신했다고 느꼈다. 그 순간 용기만 있었다면 나는 기꺼이 '아빠! 리디아! 저도 함께 산책하고 싶어요. 엄마랑 같이 있기 싫어요. 엄마가 무서워요!'라고 소리 질렀을 것이다.

하지만 지금은, 지금 이 순간만큼은 엄마와 나 때문에 마음이 아프다. 사진 속 리디아는 나체다. 눈부시게 아름답다. 엄마와 나는 그렇지 않다. 우리는 그렇게 눈부시게 빛나본 적이 없다. 아빠가 우리 몰래 간직한 이 사진들이 그 증거다. 아빠는 리디아를 잊은 적이 한 번도 없다. 어떻게 이런 여자를 잊을 수 있겠는가. 아빠는 리디아를 평생 자기 머릿속에 숨겨놓았다. 여태껏 우리 집 안에 숨겨놓고 있었다. 몸만 돌아왔을 뿐 실질적으로 우리를 버린 것이나 마찬가지였다. 내가 사진 속 리디아보다도, 견디기 힘든 인고의 시간을 보낸 그 시절의 엄마보다도 나이가 더 들어버린 지금에 와서 다시 리디아를 보니 전보다 더 비참했다.

"언제부터 사진이 있다는 걸 알고 있었어?"

나는 사다리에서 내려온 오빠에게 묻는다.

"한 삼십 년 전부터."

"왜 엄마한테 보여주지 않았어?"

"몰라."

"나한테는 왜 안 보여줬고."

오빠는 이제 자기가 나를 진정으로 생각한다는 사실을 증명하기도 지쳤다는 듯 어깨를 으쓱해 보인다. 나는 투덜 댄다.

"눈물 나게 착한 오빠네. 남자는 여자에게 정말 잘해주지. 남자에게는 인생의 목표가 딱 세 가지 있어. 여자랑 자고 여자를 보호해주고 여자에게 상처를 주는 거야."

9

오빠는 고개를 설레설레 저으며 내 건강 상태에 대해 몇 마디 한다. 나는 괜찮은 정도가 아니라 몸이 아주 좋다고, 서로에게 라베스 이야기와 파란 큐브에 대해 이야기해주기를 잘했다고 말한다. 이제야 우리 아빠가 어떤 사람인지 조금 더 잘 알게 됐다고도.

"아빠는 형편없는 사람이야. 불평 한마디 없는 예스맨으

로 평생 엄마의 몸종처럼 살았어. 지금도 그렇고. 엄마가
이래라저래라 해도 아빠는 반항하려는 시도조차 하지 않
고 엄마가 자기를 괴롭히도록 내버려 두었어. 그런 모습을
볼 때마다 아빠가 얼마나 싫었는지 몰라. 우리를 엄마한테
서 보호해주기는커녕 손가락 하나 까딱하지 않는 아빠를
얼마나 증오했는지 몰라. 우리가 아빠한테 뭐가 필요하다
고 말하면 아빠는 엄마한테 가서 말하라고 했지. 엄마가 안
된다고 했다고 하면 어쩔 수 없다고 했어."

나는 사진을 한 장씩 살펴보고는 바닥에 떨어뜨린다.

"오빠는 아는데 나는 모르는 일이 또 있어?"

내가 오빠에게 묻는다.

오빠는 인내심을 가지고 사진을 주워 모은다.

"아빠에 대해서는 몰라. 뒤져보면 뭔가 더 나올 수도
있어."

"엄마는?"

오빠는 의심스러운 점이 몇 가지 있다고 마지못해 말한
다. 오빠는 엄마에게도 한 명 이상의 애인이 있었다고 확신
했다.

"말로만 그런 것 같다고 할 일이 아니라 증거가 있어?"

"증거야 찾으면 되지."

오빠가 말한다. 그러고는 몇 년 동안 자기는 엄마가 나다르 아저씨와 바람을 피웠다고 생각했다는 사실을 고백한다.

"나다르 아저씨?"

나는 큰 소리로 외치며 웃음을 터뜨린다.

"엄마가 그 눈엣가시 같은 나다르 아저씨랑? 나다르라니. 이름마저 우스꽝스럽지 뭐야."

오빠는 포기하지 않는다.

"아마 1985년에 바람을 피웠던 것 같아. 네가 열여섯 살이고 내가 스무 살이었을 때 말이야."

내가 묻는다.

"그때 엄마는 몇 살이었지?"

나는 암산에 약하다.

"마흔일곱. 지금 나보다 두 살 어리고 너보다 두 살 많은 나이지."

오빠가 대답한다.

"그럼 나다르 아저씨는?"

"글쎄, 예순둘?"

"세상에."

내가 외친다.

"마흔일곱 아줌마와 예순두 살 노인네의 정사라니!"

나는 다시 웃음을 터뜨리며 믿지 못하겠다는 듯 고개를
가로젓는다.

"역겨워라. 난 못 믿겠어."

그런데 오빠는 정말 그 일이 사실이라고 믿고 있다. 나
는 오빠가 평생 그렇게 믿어왔다는 것을 깨닫는다. 오빠는
주변을 둘러보면서 말한다.

"언젠가는 증거가 나올 거야. 나다르 아저씨가 아니라면
다른 상대가 있었겠지. 꽃병이나 책장 사이나 컴퓨터를 뒤
져보면 뭔가 나올 거야."

오빠는 증거가 나올 법한 물건들을 줄줄 읊는다. 나는
처음으로 오빠에게 호기심이 생긴다. 문득 아빠 엄마의 존
재가 느껴진다. 조용한 방에 둘의 존재가 함께 또는 따로따
로 느껴진다. 오빠가 속삭인다.

"아빠와 엄마는 서로에게 자신들의 본모습을 숨기고 있어. 하지만 그렇다고 해서 언제든 발각될 수 있는 위험이 없는 것은 아니지."

순간 그럴 이유도 없는데 오빠의 눈시울이 촉촉해진다. 오빠는 울어야 할 때 울 줄 아는 남자다. 오빠한테 소설 감상평을 물으면 오빠는 읽으면서 울었다고 한다. 영화도 마찬가지다. 오빠는 지금도 눈물을 흘린다. 아까 내가 울었을 때보다 더 심하게 울고 있다. 오빠는 매사에 도가 지나치다. 오빠를 진정시키기 위해 품에 안고 잠시 곁에 있어준다. 라베스는 어쩔 줄 몰라 하며 야옹거린다.

지금껏 오빠에 대해 잘못 생각해왔는지도 모른다. 장남이니 나보다 과거에 대한 기억이 더 많을 것이다. 정말 오빠 말대로 부모님의 불행이 처음에 오빠를 덮친 후에 나를 보호하려는 오빠의 집착으로 어느 정도 걸러진 다음에 나를 덮친 것일 수도 있다. 나는 오빠에게 말한다.

"그만 진정해. 이제 우리 재미 좀 보자. 진실을 밝히는 거야."

10

　홀가분한 시간이었다. 이 집에서 이토록 가벼운 마음으로 시간을 보낸 적은 없었다. 우리는 방이란 방은 다 돌아다녔고 집 안 구석구석을 샅샅이 뒤졌다. 처음에는 부모님이 정해놓은 질서를 망가뜨리면서 즐기는 정도였다. 그런 우리 뒤를 고양이가 명랑하게 졸졸 쫓아다녔다. 그러다 이왕 일을 저지른 김에 뭐든 손에 잡히는 대로 부수기 시작했다. 날은 점점 무더워졌고 온몸에 땀이 흘렀다. 얼마 지나지 않아 나는 녹초가 됐다. 나는 오빠에게 말했다.

　"이제 그만하자."

　하지만 오빠는 멈추지 않았다. 갈수록 맹렬히 물건을 부쉈다. 나는 의자를 가지고 거실 발코니로 갔다. 고양이가 내 곁으로 피해 오는 소리를 들으니 흐뭇했다. 나는 고양이를 품에 안고 잠시 고양이에게 말을 걸었다. 머리가 텅 빈 것 같았다. 이 집을 팔라고 부모님을 설득해야겠다는 집착도 사라졌다. 애당초 말도 안 되는 생각이었다. 오빠가 다시 나타났다. 그새 셔츠까지 벗고 있었다. 나는 그 모습이

아빠랑 똑같다고 생각했다. 오빠는 웃으면서 나를 바라보
았다.

"어때?"

"그만하면 된 것 같아."

"이제 갈까?"

"그래. 라베스가 나랑 같이 있고 싶나봐."

오빠가 인상을 찌푸렸다.

"그건 안 돼. 너무하잖아."

"그래도 그렇게 할 거야. 내가 데려갈래."

"엄마한테 쪽지라도 남겨놔."

"싫어."

"그럼 엄마가 돌아오는 시간에 맞춰서 전화라도 하든가."

"말도 안 되는 소리."

"엄마가 힘들어할 텐데."

"라베스는 안 그럴걸? 봐, 나랑 있는 것을 이렇게 좋아하
잖아."

불협화음으로 가득한 가족 소나타

• 옮긴이의 말

"친애하는 신사 양반, 제가 누군지 잊어버리신 거라면 기억을 되살려드리지요. 저는 당신의 아내랍니다."

첫 문장이나 첫 장면부터 독자를 사로잡는 소설이나 영화가 있다. 도메니코 스타르노네의 『끈』도 그런 작품이다. 첫 문장부터 독자의 호기심을 자극하는 이 중편소설은 첫 문장부터 독자를 사로잡은 뒤 마지막 페이지를 넘길 때까지 손에서 책을 놓을 수 없게 만든다.

『끈』은 70대 노부부 알도와 반다의 이야기다. 남편 알도는 한때 어린 제자와 사랑에 빠져 아내인 반다와 자식인 산드로와 안나 남매를 버리지만 우연히 신발끈에 얽힌 에피소드를 통해 양심의 가책을 느끼고 결국 가족의 품으로 돌아온다.

너무 뻔한 이야기가 아니냐고? 그렇다고 할 수 있다. 바람난 남편 때문에 파국을 맞는 가정사는 시대와 국적을 불문하고 셀 수 없이 반복되어 온 소재니까. 그렇지만 스타르노네는 이 흔하디흔하고 통속적인 이야기를 훌륭한 문학 작품으로 만들어낸다.

『끈』의 영문 번역가이자 퓰리처상 수상자인 줌파 라히리는 "독창적인 구조물 안에 들어 있지 않다면 그것은 예술이라 할 수 없다"고 말했다. 파괴할 수 없는 특별한 형식에 의해 정의되고 포장되지 않는다면 그것은 예술이라 할 수 없다는 것이다. 『끈』이 다른 작품과 차별화되는 지점도 바로 이러한 부분이다. 『끈』은 스타르노네가 만들어낸 독특하고 정밀한 구조물 안에 들어 있다.

『끈』의 밀도와 긴장감은 작품의 완벽한 구성에 의해 만들어진다. 『끈』은 등장인물들의 시점과 시간을 넘나드는 서사 속에서 가족의 해체, 기억의 오류, 정체성과 관계에 대해서 이야기한다. 별다른 사건 없이 남편의 외도라는 하나의 이야기를 중심으로 수십 년의 세월을 자연스럽게 넘나드는 작가의 필력이 느껴지는 작품이기도 하다.

영화 제작과 비교하자면 『끈』은 편집기술이 능숙한 감독의 손을 통해 탄생한 작품 같다. 스타르노네는 한 인터뷰에서 이야기의 밀도의 중요성을 강조한 바 있는데 한 권의 책을 만들기 위해서 두 권 분량의 이야기를 버리기도 한다고 했다. 자신이 창조한 이야기를 버리는 것은 고통스러운 일이지만 그로 인해 이야기는 더 큰 힘을 얻게 된다고 했다. 밀도 있는 단편소설이나 중편소설이 2,000페이지 분량의 장편소설보다 독자들에게 더욱 강렬하게 와닿는 것은 그러한 일종의 가지치기 과정을 거치기 때문이라는 것이다. 『끈』은 이러한 작가의 철학이 잘 반영된 소설이다. 그는 군더더기 없는 편집을 통해서 독자에게 피로감을 줄 수 있는 쓸데없는 이야기의 무게감을 줄이고 소설을 경쾌하게 만들었다.

그렇다고 『끈』이 가벼운 소설이라는 것은 아니다. 『끈』은 혼란과 질서, 사랑과 배반, 변화와 정체, 결혼, 출산과 양육, 상처의 대물림 같은 묵직한 주제들을 밀도 있게 다룬다. 다만 그러한 주제들로 독자의 어깨를 무겁게 짓누르는 대신 날렵하고 날카로운 잽을 날리는 것뿐이다.

『끈』이 사랑과 배신을 다룬 다른 소설들과는 다른 또 하나의 차별점은 이 소설이 다른 소설들이 멈춰선 지점에서 멈추지 않는다는 점이다. 『끈』은 자신의 잘못을 뉘우친 아버지의 귀환에서 끝나지 않는다. 한발 더 나아가 잘못된 귀환이 초래한 결과를 적나라하게 보여준다. 그렇기 때문에 더 현실적이고 더 잔혹하다.

알도가 가정으로 돌아가게 된 것은 신발끈을 통해 형성된 유대감 때문이다. 하지만 아버지와 아이들이 신발끈을 통해 가까워지게 된 것은 우연이 아니다. 아내 반다에 의해 심어진 조작된 기억 때문이다. 결국 알도는 약간의 죄책감과 어느 정도의 편의 때문에 가정으로 돌아오게 되고 반다는 그런 알도를 오직 그에 대한 복수심으로 받아들이게 된다.

아버지의 귀환으로 가정은 재구성되지만 그것은 순수한 사랑과 용서가 아닌 조작된 기억과 오염된 감정에 의한 결과이고 결국은 당사자인 알도와 반다뿐만 아니라 아이들에게 더 큰 상처를 남기게 된다. 상처는 수십 년 동안 평범한 중산층 가정이라는 외피 아래 숨겨져 있지만 엉망이 되어버린 집을 매개로 치유되지 않았던 상흔이 하나둘씩 드러난다. 그리고 마지막 반전을 통해 독자는 그 곪아버린 상처를 헤집은 장본인이 다름 아닌 노부부의 자식들이었다는 사실을 알게 된다.

산드로와 안나는 어린 시절 부모의 별거로 입은 내상을 평생 간직한 채 살아왔다. 그로 인해 한 명은 사랑을 나눌 수 있는 여인과 자식이 많으면 많을수록 좋다는 다처주의자로, 한 명은 출산이란 인간에게 남아 있는 동물의 흔적에 불과하다는 염세주의자로 성장한다.

이 책의 마지막 부분인 제3권은 앞서 반다와 알도의 시선으로 진행된 제1권과 제2권에서 조연에 불과했던 두 남매의 시점에서 진행되는 퍼즐의 마지막 조각이다. 이 부분은 다소 절제된 톤으로 진행되던 소설의 감정선이 폭발하는 지점이기도 하다. 산드로와 안나는 부모가 거짓으로 쌓아올린 질서를 철저히 파괴하고 그들이 가장 소중하게 여기는 대상, 즉 큐브와 고양이 라베스를 빼앗는다. 파탄 난 가정의 상처는 사라지지 않는다.

남매의 아버지인 알도 역시 자신이 폭력적인 아버지 때

문에 상처를 입었다며 가족에게 그런 상처를 남기고 싶지 않았다고 한다. 하지만 자신의 감정을 숨기고 편의와 비겁함 때문에 가정으로 돌아온 알도는 두 남매에게 자기 아버지 못지않은 상처를 남기고 결국 그 상처는 대물림된다. 안나는 임신과 출산을 거부함으로써 그럴 가능성마저 거세해버렸지만 산드로의 자식들 역시 아버지의 상처를 물려받을 것이다.

우리나라에는 아직 잘 알려지지 않았지만 스타르노네는 이탈리아에서 가장 권위 있는 문학상인 '스트레가상'을 수상한 비중 있는 중견작가다. 그는 1943년 나폴리 출신으로 이탈리아어 교사로 재직하다 1987년 자신의 교사 시절 이야기를 바탕으로 한 『강단에서』*Ex cattedra*로 문단에 등단했다. 철도원으로 일하는 폭력적인 아버지와 재봉사인 어머니 아래서 자라며 화가의 꿈을 키우지만 좌절된 자신의 유년 시절을 담은 자전 소설 『제미토가街』로 2001년 스트레가상을 수상한다.

스타르노네는 소설가일 뿐만 아니라 시나리오 작가이기도 하다. 2014년 출간된 『끈』은 스타르노네의 무려 열다섯 번째 소설이다. 이외에도 수많은 수필집을 저술했으며 『끈』을 출간한 후에도 『장난』_Scherzetto_과 『거짓 부활』_Le false resurrezioni_을 발표하며 작품 활동을 이어나가고 있다. 스타르노네는 이탈리아 유명 주간지인 『인테르나치오날레』지의 필진으로 활동하고 있기도 하다.

데뷔 이래 30년간 그는 7권의 소설과 15권의 서평집과 수필집을 출간했으며, 15편의 영화 및 TV 드라마를 각색했다. 스타르노네는 평단에서 언어의 마술사라는 호평을 받을 정도로 언어를 다루는 솜씨가 빼어난데 그의 촘촘하고 유려한 필체는 이러한 그의 배경에서 기인하는 듯하다.

시나리오 작가라는 배경 때문인지 그의 소설에는 영화적인 요소가 다분하다. 『끈』도 마찬가지다. 편지, 큐브, 고양이 등의 소품_prop_ 활용도 그렇고 소설 초반에 등장하는 여자 배달부와 가죽 재킷을 입은 사기꾼은 전형적인 맥거핀_macguffin_*이다. 어쩌면 단 한 문장도 허투루 낭비하지 않는 스타일도 숏_shot_의 경제성을 추구하는 영화적 문법에서 영

---

* 영화에서 중요한 것처럼 등장하지만 실제로는 줄거리에 영향을 미치지 않는 극적 장치.

향을 받은 것일 수도 있다.

마지막으로 도메니코 스타르노네와 엘레나 페란테^{Elena} ^{Ferrante}의 연관성에 대해서 한마디 하지 않을 수 없다. 스타르노네는 한때 '나폴리 4부작'으로 일약 세계적인 베스트셀러 작가가 된 얼굴 없는 작가 엘레나 페란테로 지목된 바 있으며 후에 『일 솔레 24 오레』 기자에 의해 엘레나 페란테로 지목된 번역가 아니타 라자^{Anita Raja}의 남편이기도 하다.

『끈』은 엘레나 페란테의 두 번째 소설 『버려진 사랑』과 데칼코마니처럼 닮아 있다. 두 소설 모두 남편이 젊은 여자에게 반해 하루아침에 버림받은 여인들의 이야기를 다루고 있으며 자녀가 둘인 것도 같다. 『버려진 사랑』을 번역한 후 바로 『끈』을 번역한 나는 『끈』의 첫 문장이 『버려진 사랑』의 주인공 올가의 목소리처럼 들리는 묘한 기시감을 느끼기도 했다. 실제 두 여인의 절망감은 쌍둥이처럼 겹쳐진다. 하지만 소설을 읽으면 읽을수록 정황적인 유사점은 있지만 두 작가의 차이점이 뚜렷이 드러난다.

페란테가 전형적인 내러티브를 보여주는 작가라면 스타

르노네는 파편적인 이야기를 통해 큰 그림을 드러내는 작가다. 페란테가 세심한 관찰력과 꼼꼼한 묘사를 통해 건물 전체를 표현하는 작가라면 스타르노네는 일부분에 대한 묘사로 건물 전체를 표현하는 작가다. 처절하리만큼 한 인물의 심리를 파고드는 페란테와 달리 스타르노네는 짓궂은 시선으로 혼란에 빠진 인물들을 빠르게 훑는다.

『끈』은 불협화음으로 가득한 가족 소나타다. 각각의 구성원들에게는 나름의 이유가 있고 나름의 상처가 있다. 스타르노네는 이 소설을 통해서 남편과 아버지로서의 의무를 저버리고 도덕적 책임을 못다 했다는 이유로 알도를 비난하는 것이 아니다. 알도의 원죄는 자기 감정에 솔직하지 못했다는 데 있다. 그는 자기가 새파랗게 젊은 여자와 사랑에 빠졌으며 그녀와 함께할 때 순수하게 행복하다는 사실을 인정하지 않음으로써 오히려 반다를 더 괴롭게 만들었다. 그녀는 남편이 떠난 진짜 이유를 알고 싶었을 뿐이니까.

반다 역시 복수심에 불과한 남편에 대한 자신의 감정을 속이고 그를 받아들임으로써 아이들에게 더 큰 상처를 준다. 스타르노네가 알도를 정죄하는 이유는 그의 외도 때문이 아니라 그가 끝까지 자아를 찾아 진정한 행복을 추구하지 못했기 때문이다. 반다가 피해자가 아닌 2차 가해자가된 이유도 이와 마찬가지다.

스타르노네는 등장인물 모두에게 목소리를 부여하지만 소설의 결말에서 그들 중 누구도 구원받지 못한다. 아버지도, 어머니도, 두 남매도 심지어는 고양이까지도… 하지만 스타르노네는 염세주의적인 소설가는 아니다. 그의 시선은 고약한 노인네처럼 짓궂은 구석이 있지만 그럼에도 그는 진정한 자아를 찾으라고 요구한다. 자신이 진심으로 원하는 것을 위해 끝까지 맞서 싸울 것을 요구한다.

이 짧은 소설이 긴 여운을 남기는 것도 바로 그런 그의 메시지 때문일 것이다.

2021년 8월
김지우

도메니코 스타르노네 Domenico Starnone, 1943-

나폴리에서 태어나 이탈리아어 교사로 재직하다 1987년 자신의 교사 시절 이야기를 바탕으로 쓴 『강단에서』(*Ex cattedra*)로 문단에 등단했다. 그는 자신의 유년 시절을 배경으로 한 자전 소설 『제미토가(街)』로 언어의 마술사라는 호평을 받으며 이탈리아에서 가장 권위 있는 문학상인 스트레가상을 2001년에 수상했다.

스타르노네는 소설가이자 시나리오 작가이며 이탈리아 유명 주간지 『인테르나치오날레』지의 필진으로도 활동하고 있다. 데뷔 이래 30년간 그는 7권의 소설과 15권의 서평집과 수필집을 출간했으며, 15편의 영화 및 TV 드라마를 각색했다. 그의 소설 『강단에서』와 『이』(*Denti*), 『끈』은 이탈리아에서 영화로 제작되기도 했다.

스타르노네는 '나폴리 4부작'을 쓴 세계적인 베스트셀러 작가 엘레나 페란테로 지목된 바 있지만 그 의혹을 부인했다.

김지우 金志祐, 1978-

이탈리아에서 어린 시절을 보냈고 한국외국어대학교 이탈리아어과를 졸업했다. 동 대학교 국제지역대학원에서 유럽연합지역학으로 석사학위를 받은 후 현재 이탈리아대사관에서 근무하고 있다. 주로 엘레나 페란테의 주요 작품들을 번역했다. 엘레나 페란테의 『어른들의 거짓된 삶』을 비롯해 '나폴리 4부작'『나의 눈부신 친구』『새로운 이름의 이야기』『떠나간 자와 머무른 자』『잃어버린 아이 이야기』와 '나쁜 사랑 3부작'『성가신 사랑』『버려진 사랑』『잃어버린 사랑』 등을 번역했고 그외에 『알프스 늑대 루피넬라 이야기』『고양이처럼 행-복』『히틀러의 음식을 먹는 여자들』『미래를 바꿔 나갈 어린이를 위한 기후 위기 안내서』가 있다.

끈

지은이 도메니코 스타르노네
옮긴이 김지우
펴낸이 김언호

펴낸곳 (주)도서출판 한길사
등록 1976년 12월 24일 제74호
주소 10881 경기도 파주시 광인사길 37
홈페이지 www.hangilsa.co.kr
전자우편 hangilsa@hangilsa.co.kr
전화 031-955-2000~3 팩스 031-955-2005

부사장 박관순 총괄이사 김서영 관리이사 곽명호
영업이사 이경호 경영이사 김관영 편집주간 백은숙
편집 김지수 노유연 김지연 김대일 최현경 김영길
관리 이주환 문주상 이희문 원선아 이진아 마케팅 정아린
디자인 창포 031-955-2097
인쇄 예림 제본 예림바인딩

제1판 제1쇄 2021년 8월 13일

값 15,000원
ISBN 978-89-356-6865-6 03880